Neben den bekannten großen Novellen hat der sonst so realistische Erzähler Theodor Storm eine Reihe von unheimlichen und verwunderlichen Geschichten geschrieben: *Am Kamin, Die Regentrude, Bulemanns Haus, Der Spiegel des Cyprianus* sind für diesen Band ausgewählt.

Mitten in den Zeiten politischer Aufregung fühlte sich Storm zur Märchendichtung getrieben. »Es ist«, so schreibt er, »als müsse ich zur Erholung der unerbittlichen Wirklichkeit ins äußerste Reich der Phantasie flüchten.« Aus diesem Motiv sind verzaubernde Spuk- und Schauergeschichten entstanden, die die geheimen Ängste der Zuhörer am Kamin offenlegen wollen, indem sie das Wunderliche, Seltsame und Märchenhafte als einen wichtigen, wenn auch meist unbewußt bleibenden Teil der Lebenswelt beschreiben.

Die Illustrationen von Roswitha Quadflieg sind in einer Graphik-Kassette der Raamin-Presse, Hamburg, erhältlich.

insel taschenbuch 143
Theodor Storm
Am Kamin

Theodor Storm
Am Kamin

UND ANDERE
UNHEIMLICHE GESCHICHTEN
MIT ILLUSTRATIONEN ·
VON ROSWITHA QUADFLIEG
AUSGEWÄHLT UND MIT
EINEM NACHWORT VON
GOTTFRIED HONNEFELDER
INSEL VERLAG

insel taschenbuch 143
7. - 14. Tausend 1976
© Insel Verlag Frankfurt am Main 1976
Alle Rechte vorbehalten
Vertrieb durch den Suhrkamp Taschenbuch Verlag
Umschlag nach Entwürfen von Willy Fleckhaus
Satz: Librisatz, Kriftel, Druck: Ebner, Ulm
Printed in Germany

INHALT

Am Kamin 9
Die Regentrude 47
Bulemanns Haus 87
Der Spiegel des Cyprianus 121
Nachwort 157

Weils doch jetzt Zeit ist,
Märchen zu erzählen.

AM KAMIN

I

»Ich werde Gespenstergeschichten erzählen! — Ja, da klatschen die jungen Damen schon alle in die Hände.«
»Wie kommen Sie denn zu Gespenstergeschichten, alter Herr?«
»Ich? — das liegt in der Luft. Hören Sie nur, wie draußen der Oktoberwind in den Tannen fegt! Und dann hier drinnen dies helle Kienäpfelfeuerchen!«
»Aber ich dächte, die Spukgeschichten gehörten gänzlich zum Rüstzeug der Reaktion?«
»Nun, gnädige Frau, unter Ihrem Vorsitz wollen wir es immer darauf wagen.«
»Machen Sie nicht solche Augen, alter Herr!«
»Ich mache gar keine Augen. Aber wir wollen Stühle um den Kamin setzen. — So! die Chaiselongue kann stehenbleiben. — Nein, Klärchen, nicht die Lichter ausputzen! Da merkt man Absicht, und ... et cetera.«
»So fang denn endlich einmal an!«
»In meiner Vaterstadt...«
»Wart noch; ich will mich vor dem Kamin auf den Teppich legen und Kienäpfel zuwerfen.«

»Tu das! — Also, ein Arzt in meiner Vaterstadt hatte einen vierjährigen Knaben, welcher Peter hieß.«

»Das fängt sehr trocken an!«

»Klärchen, paß auf deine Kienäpfel! — Dem kleinen Peter träumte eines Nachts — —«

»Ach — — Träumen!«

»Was Träumen? Meine Damen, ich muß dringend bitten. Soll ich an einer zurückgetretenen Spukgeschichte ersticken?«

»Das ist keine Spukgeschichte; Träumen ist nicht Spuken.«

»Halt den Mund, liebes Klärchen! — Wo war ich denn?« »Du warst noch nicht weit.«

»Sßt! — Der Vater erwachte eines Nachts — still, Klärchen!— von dem ängstlichen Geschrei des Jungen, welcher neben seinem Bette schlief. Er nahm ihn zu sich und suchte ihn zu ermuntern, aber das Kind war gar nicht zu beruhigen. — ›Was fehlt dir, Junge?‹ — ›Es war ein großer Wolf da, er war hinter mir, er wollte mich fressen.‹ — ›Du träumst ja, mein Kind!‹ — ›Nein, nein, Papa, es war ein wirklicher Wolf; seine rauhen Haare sind an mein Gesicht gekommen.‹ — Er begrub den Kopf an seines Vaters Brust und wollte nicht wieder in sein Korbbettchen zurück. So schlief er endlich ein. Draußen vom Turme hörte der Doktor nach einiger Zeit eins schlagen.

Im Hause des Arztes lebte eine ältliche Schwester desselben, welche den kleinen Peter ganz besonders in ihr Herz geschlossen hatte. — Es war eigentlich eine Range, der Junge; in einer Abendgesellschaft bei seinen Eltern hatte er uns einmal alle Sardellen von den Butterbröten weggefressen. Aber das tat der Liebe der Tante keinen Eintrag.

Am andern Morgen, als der Doktor aus seinem Schlafzimmer trat, war sie die erste, die ihm begegnete. ›Denke dir, Karl, was mir geträumt hat!‹ — ›Nun?‹ — ›Ich hatte mich in einen Wolf verwandelt und wollte den kleinen Peter fressen; ich trabte auf allen vieren, während der Junge schreiend vor mir herlief.‹ — ›Hu! — Weißt du nicht, wieviel Uhr es gewesen?‹ — ›Es muß nach Mitternacht gewesen sein; genauer kann ich es nicht bestimmen.‹«

»Nun, und weiter, alter Herr?«

»Nichts weiter; damit ist die Geschichte aus.«

»Pfui! Die Tante ist ein Werwolf gewesen!«

»Ich kann versichern, daß sie eine vortreffliche Dame war. Aber, Klärchen, leg einmal Kienäpfel auf!«

»Ja — aber Träumen ist doch nicht Spuken —«

»Ärgere den alten Herrn nicht! Siehst du, ich weiß besser mit ihm umzugehen. Da erscheint der Trank, bei dem der selige Hoffmann seine Serapionsgeschichten erzählte. — Setzen Sie die Bowle vor den Kamin, Martin! — Es ist auch eine halbe Flasche Maraschino dazu, alter Herr!«

»Ich küsse Ihnen die Hand, gnädige Frau.«

»Das verstehen Sie ja gar nicht!«

»Ich kann das eigentlich nicht bestreiten. In meiner Heimat tut man nicht dergleichen; indessen, ich beginne wenigstens schon davon zu reden.«

»Trinken Sie lieber einmal! — Klärchen, damit du was zu tun hast, schenk einmal die Gläser voll!«

»Ich weiß nicht, meine Damen, ob Sie jemals durch die Marsch gefahren sind! Im Herbst und bei Regenwetter will ich es Ihnen nicht gewünscht haben; in trockner Sommerzeit aber kann es keinen besseren Weg geben, der feine graue Ton, aus welchem der Boden besteht, ist dann fest und eben, und der Wagen geht sanft und leicht darüber hin. Vor einigen Jahren führten mich Geschäfte nach der kleinen Stadt T. im nördlichen Schleswig, welche mitten in der nach ihr benannten Marsch liegt. Am Abend war ich in der Familie des dortigen Landschreibers. Nach dem Essen, als die Zigarren angezündet waren, gerieten wir unversehens in die Spukgeschichten, was dort eben nicht schwer ist; denn die alte Stadt ist ein wahres Gespensternest und noch voll von Heidenglauben. Nicht allein, daß allezeit ein Storch auf dem Kirchturm steht, wenn ein Ratsherr sterben soll; es geht auch nachts ein altes glasäugiges dreibeiniges Pferd durch die Straßen, und wo es stehenbleibt und in die Fenster guckt, wird bald ein Sarg herausgetragen. ›De Hel‹ nennen es die Leute, ohne zu ahnen, daß es das Roß ihrer alten Todesgöttin ist, welche selbst zugunsten des Klapperbeins seit lange den Dienst hat quittieren müssen. Von den mancherlei derartigen Gesprächen und Erzählungen jenes Abends ist mir indessen nur eine einfache Geschichte im Gedächtnis geblieben.

»Es war vor etwa zehn Jahren« — so erzählte unser Wirt —, »als ich mit einem jungen Kaufmann und einigen anderen Bekannten eine Lustfahrt nach einem Hofe machte, welcher dem Vater des ersteren gehörte und durch einen sogenannten Hofmann verwaltet wurde. Es war das schönste Sommerwetter; das Gras auf den Fennen funkelte nur so in der Sonne, und die Stare mit ihrem lustigen Geschrei flogen in ganzen Scharen zwischen dem weidenden Vieh umher. Die Gesellschaft im Wagen, der sanft über den ebenen Marschweg dahinrollte, befand sich in der heitersten Laune; niemand mehr als unser junger kaufmännischer Freund. Plötzlich aber, als wir eben an einem blühenden Rapsfelde vorüberfuhren, verstummte er mitten im lebhaftesten Gespräch, und seine Augen nahmen einen so seltsamen glasigen Ausdruck an, wie ich ihn nie zuvor an einem lebenden Menschen gesehen hatte. Ich, der ich ihm gegenübersaß, ergriff seinen Arm und schüttelte ihn. ›Fritz, Fritz, was fehlt dir?‹ fragte ich. Er atmete tief auf; dann sagte er, ohne mich anzusehen: ›Das war mal eine schlimme Stelle!‹ — ›Eine schlimme Stelle? Es geht ja wie auf der Diele!‹ — ›Ja‹, entgegnete er, noch immer wie im Traum, ›es war doch nicht gut darüber wegzukommen.‹ — Allmählich ermunterte er sich, und sein Gesicht erhielt wieder Leben und Ausdruck; aber er wußte auf unsre Fragen keine andre Antwort zu geben. Dieses kleine Ereignis, was allerdings für den Augenblick die Stimmung etwas herabdrückte, war indessen, nachdem wir den Hof erreicht hatten, durch die Heiterkeit der Umgebung und unsre eigne Jugend bald vergessen. Wir ließen uns durch die alte Wirtschafterin den Kaffee in der Gartenlaube anrichten, wir gingen auf die Fennen, um die Ochsen zu besehen, und nachdem abends die mitgebrachten Flaschen in Gesellschaft des alten Hofmannes geleert waren, fuhren wir alle vergenügt, wie wir ausgefahren waren, wieder heim.

Acht Tage später war unser Freund des Nachmittags im Auftrage seines Vaters nach dem Hofe hinausgeritten. Am Abend kam sein Pferd allein zurück. Der alte Herr, der eben aus seinem L'hombre-Klub nach Hause gekommen war, machte sich sogleich mit allen seinen Leuten auf, um nach seinem einzigen Sohn zu suchen. Als sie mit ihren Handlaternen an jenes blühende Rapsfeld kamen, fanden sie ihn tot am Wege liegen. Was die Ursache seines Todes gewesen, vermag ich nicht mehr anzugeben.«

> Und geht es noch so rüstig
> Hin über Stein und Steg,
> Es ist eine Stelle im Wege,
> Du kommst darüber nicht weg.

»Aha! Unser poetischer Freund improvisiert.«

»Das nicht, Herr Assessor; der Vers ist schon gedruckt. Aber Klärchen scheint wieder mit meiner Geschichte nicht zufrieden zu sein; sie rührt mir gar zu ungeduldig in der Bowle.«

»Ich? — Da hast du ein Glas Punsch! — Ich sage schon gar nichts mehr.«

»Nun, so höre!«

»Mein Barbier — von dem hab ich diese Geschichte — ist der Sohn eines Tuchmachers. Als der Vater noch jung war, kam er eines Abends auf seiner Gesellenwanderung in eine kleine schlesische Stadt. Auf der Herberge erfuhr er, daß er bei einem der ältesten Meister in Arbeit treten könne. — ›Will nur hoffen, daß es mit dir Bestand haben wird‹, setzte der Herbergswirt hinzu. — ›Mit Gunst, Herr Vater‹, entgegnete der Gesell, ›traut Ihr mir nicht, oder fehlts da wo im Hause bei den Meistersleuten?‹ — Der Wirt schüttelte den Kopf. — ›Was denn aber, Herr Vater?‹ — ›Es ist nur‹, sagte der Alte, ›seit die da drei Gesellen haben wollen, ist der dritte nach Monatsfrist allzeit wieder fremd geworden.‹

Unser Geselle ließ sich das nicht anfechten, sondern ging noch an demselben Abend zu seinem neuen Meister. Er fand ein paar alte Leute, die ihn freundlich ansprachen, und zur Stärkung nach der Wanderung ein solides bürgerliches Abendbrot. Als es Schlafenszeit war, führte der Meister ihn selbst durch einen langen Gang des Hintergebäudes in das obere Stockwerk und wies ihm dort seine Schlafkammer an. Das Gelaß für die beiden andern Gesellen befinde sich unten; es sei aber darin nicht Platz für ein drittes Bett.

Als der Meister ihm gute Nacht gewünscht, stand der junge Mann noch einen Augenblick und horchte, wie sich die Schritte des Alten über die Treppe hinab entfernten und dann unten in dem langen Gange allmählich verloren. Hierauf besah er sich sein neues Quartier. — Es war eine lange, äußerst schmale Kammer mit kahlen weißen Wänden; unten, die ganze Breite der Querwand einnehmend, stand das Bett; daneben ein kleiner Tisch und ein kleiner Stuhl aus Föhrenholz; das war die ganze Ausstattung. Das einzige, sehr hohe Fenster mit kleinen, in Blei gefaßten Scheiben schien, soviel er bei dem Mondschein draußen erkennen konnte, nach einem großen Garten hinaus zu liegen. — Aber er hatte das alles mit schon

träumenden Augen angesehen, und nachdem er sich unter das derbe Deckbett gestreckt und das Licht ausgelöscht hatte, fiel er bald in einen tiefen Schlaf.

Wie lange derselbe gedauert, konnte er später nicht angeben; er wußte nur, daß er durch ein Geräusch, das mit ihm in der Kammer war, auf eine jähe Art erweckt worden sei. Und bald hörte er deutlich ein Kehren wie mit einem scharfen Reisbesen, das von der Richtung des Fensters her allmählich sich nach der Tiefe der Kammer zu bewegte. Er richtete sich auf und blickte mit aufgerissenen Augen vor sich hin; die Kammer war fast helle vom Mondschein; die eine Wand war ganz davon beleuchtet; aber er vermochte nichts zu sehen als den völlig leeren Raum.

Plötzlich, und ehe es noch ganz in seine Nähe gekommen, war alles wieder still. Er horchte noch eine Weile und suchte sich vergebens einen Vers darauf zu machen; endlich, ermüdet wie er war, fiel er aufs neue in einen festen Schlaf.

Am andern Morgen, als zwischen ihm und dem Meister die Sache zur Sprache kam, erfuhr er von diesem, daß allerdings einzelne, welche vor ihm in der Kammer geschlafen, ein Ähnliches dort gehört haben wollten; es sei indes immer nur zur Zeit des Vollmonds gewesen und übrigens niemandem etwas dadurch zu nahe geschehen. — Der junge Tuchmacher ließ sich beruhigen; und in den Nächten, die nun folgten, wurde auch sein Schlaf durch nichts gestört. Dabei ging ihm im Hause alles nach Wunsch; Arbeit und Verdienst war regulär, und auch mit seinen beiden Nebengesellen hatte er sich auf guten Fuß gestellt.

So ging ein Tag nach dem andern hin, bis endlich wieder die Zeit des Vollmonds herangekommen war. Aber er hatte nicht darauf geachtet, denn es war schwere, bedeckte Luft, und kein Schein fiel in die Kammer, als er sich am Abend schlafen legte. — Da plötzlich erweckte ihn wieder jener schon halbvergessene Ton. Eifriger noch und schärfer, so dünkte es ihn, als das erstemal kehrte und fegte es bei ihm in der Kammer, und seltsamerweise, jetzt, wo es fast dunkel war, meinte er gegen das Fenster hin einen sich bewegenden Schatten zu sehen. Aber, wie zuerst, wurde auch jetzt nach einer Weile alles wieder still, ohne daß es sein Bett erreicht oder daß er etwas Genaueres zu erkennen vermocht hätte. Er konnte indessen diesmal den Schlaf so bald nicht wiederfinden und hörte vom Kirchturm eine Stunde nach der andern schlagen; endlich brach draußen der Mond durch die Wolken und schien in die Kammer, aber er beleuchtete nur die nackten Wände.

Der Gesell, so wenig angenehm ihm diese Dinge waren, beschloß bei sich, gegen jedermann zu schweigen, am wenigsten aber sich von jenem Unheimlichen vom Platze verdrängen zu lassen. — Wie gewöhnlich, gingen auch die nun folgenden Nächte ohne Störung vorüber. — Nach Verlauf eines Monats kehrte er spät in der Nacht von einem benachbarten Orte zurück, wohin ihn sein Meister mit einem Geschäftsauftrage gesandt hatte. Er ging, als die Stadt erreicht war, nicht durch die Straßen, sondern an der Stadtmauer entlang, um durch den Garten in das Hinterhaus zu gelangen, wozu er den Schlüssel von

seinem Meister erhalten hatte. Es war heller Mondschein. Schon in der Nähe des Hauses, während er
zwischen den Rabatten auf dem geraden Steige des
Gartens entlangging, warf er zufällig einen Blick nach
dem Fenster seiner Kammer hinauf. — Da saß oben
ein Ding, ungestaltig und molkig, und guckte durch
die Scheiben in den Garten hinab.
Der junge Mann verlor plötzlich die Lust, mit solcher
Gesellschaft noch länger in Quartier zu liegen. Er
kehrte um und suchte sich für diese Nacht ein Unter-
kommen in der Herberge. Am andern Morgen aber —
so erzählte mir sein Sohn — nahm er seinen Abschied
und verließ die Stadt, ohne jemals erfahren zu haben,
womit er so lange in einer Kammer gehaust habe.«

»Kann ich mir auch nichts bei denken.«
»Geht mir ebenso, alter Herr.«
»Ich dächte doch, das wäre eine echte rechte Spukgeschichte; oder was fehlt denn noch daran?«
»Sie hat keine Pointe.«
»So? — — Aber ein Teil dieser Geschichten tritt eben
mit dem Reiz des Rätsels an uns heran und drängt
uns, den Dingen nachzuspüren, die, wenngleich selber
längst vergangen, noch solche Schatten aus dem leeren
Raume fallen lassen.«
»Nun, und Ihre Geschichte?«
»Will ich ganz dem Scharfsinn der Damen überlassen
und Ihnen lieber etwas anderes erzählen, wo ein
solcher Zusammenhang sich von selbst ergibt, indem
der Reflex der Begebenheit mit dieser selbst scheinbar
in einen Moment zusammenfällt.

Auf dem Gymnasium zu H. hatte ich einen Schulkameraden, einen fleißigen und geschickten Menschen, mit welchem ich, da er in meiner Nachbarschaft wohnte, in fast täglichem Verkehr lebte. Als er eben in Sekunda eingetreten war, starb der Vater, welcher ein kleines städtisches Amt bekleidet hatte, und hinterließ Sohn und Witwe in den bedrängtesten Umständen. — Mit Hülfe von Stipendien, deren es dort viele gab, hätte mein Freund dessenungeachtet wohl seinen Plan, die Rechte zu studieren, durchführen können; aber der lebhafte Wunsch, schon jetzt etwas zu verdienen und dadurch die letzten Jahre seiner alternden Mutter zu erleichtern, veranlaßte ihn, vom Gymnasium abzugehen und auf dem dortigen Amtshause als Lohnschreiber einzutreten. Unser Umgang wurde dadurch nicht unterbrochen; wir machten wie sonst des Mittags unsern gemeinschaftlichen Spaziergang, und abends, wenn er aus seiner Kanzlei nach Hause gekommen war, saßen wir in dem von ihm und seiner Mutter gemeinschaftlich bewohnten Zimmer und nahmen miteinander die Lektionen durch, welche am folgenden Tage in der Schule vorkommen sollten; denn er hatte seine Lebenspläne keineswegs gänzlich aufgegeben, und wo der Abend nicht reichte, nahm er unbedenklich die Nacht zu Hülfe. So habe ich manche Stunde dort verbracht in gemeinsamer Arbeit oder in gemütlichem Gespräch. Die Mutter pflegte mit ihrem Strickzeug neben uns vor der kleinen Lampe zu sitzen. Ich sehe noch das stille, etwas kränkliche Gesicht, wenn sie mitunter von der Arbeit aufblickte und mit einem Ausdruck der Sorge und der zärtlichsten

Verehrung die Augen auf ihrem einzigen Kinde ruhen ließ. Er nahm dann wohl, wenn er es bemerkte, ihre blasse Hand und hielt sie fest in der seinigen, während er in dem vor ihm liegenden Buche weiterlas. Aber es ging dann nicht wie sonst, es war, als wenn die Zärtlichkeit für seine Mutter ihm die Gedanken zerstreute, und ich erinnere mich noch, wie ihm bei solchem Anlaß plötzlich die Tränen aus den Augen sprangen und er dann mit einem Lächeln und einem kurzen Blick auf sie ihre Hand sanft in ihren Schoß zurücklegte. Es war eine Luft des Friedens und der Stille in diesem Zimmer, wie ich sie nirgend sonst empfunden habe. An der einen Wand stand ein altes dürftiges Klavier; mitunter sangen wir daran; dann legte die alte Frau ihr Strickzeug in den Schoß, und war es zufällig eine Melodie aus ihrer Jugend, so stand sie auch wohl auf und ging mit unhörbaren Schritten und leise vor sich hinsummend im Zimmer auf und ab. Wenn es aber an der Wand auf der kleinen Schwarzwälder Uhr zehn geschlagen hatte, begann sie allmählich einen unruhigen Blick auf die große dunkle Gardinenbettstelle zu werfen, die im Hintergrunde des geräumigen Zimmers stand. Dann nahmen wir unsre Bücher, sagten ihr gute Nacht und gingen eine Treppe tiefer in die kleine Schlafkammer ihres Sohnes, wo wir noch einige Stunden unsre Studien fortzusetzen pflegten. Sie mochte dann schon ruhig in dem oberen Zimmer schlummern; denn es lag nach einem inneren Hofe, wo die nächtliche Ruhe durch nichts gestört wurde.

Aber dieses Leben mit seinem bescheidenen Glücke

sollte nach einigen Jahren sein Ende erreichen. Kurz vor meinem Abgang zur Universität erkrankte die Mutter. Es war der Keim des Todes, der lange schon in ihr gelegen und nun zur Entfaltung kam; weder sie noch ihr Sohn verkannten das. Auf ihren Wunsch besuchte ich sie noch einmal, ehe ich abreiste. Das sonst so freundliche Zimmer war jetzt düster und öde, die Fenster tief verhangen, und aus den Kissen unter dem dunklen Betthimmel sah das leidende Gesicht der guten Frau. Während ihre magere Hand die meinige ergriff, sagte sie nur: ›So leben Sie denn recht wohl!‹ Aber wir fühlten beide, daß das ein Abschied für das Leben sei.

Was nun folgt, habe ich später aus dem Munde meines Freundes gehört; denn ich selbst verließ schon am Tage darauf die Stadt. — Er hatte sich, als die Schwäche der Mutter plötzlich in ungewöhnlicher Art zugenommen, die Erlaubnis ausgewirkt, seine Arbeiten im Hause zu fertigen, und saß nun im Krankenzimmer an dem entlegensten Fenster, von dem er ein wenig die Gardine zurückgeschlagen, bald emsig schreibend, bald einen sorglichen Blick nach den dunklen Vorhängen des Bettes hinüberwerfend. Wenn die Mutter wachte, saß er in dem alten Lehnstuhl vor ihrem Bett und sprach leise zu ihr oder las ihr aus der Bibel vor; oder er war nur bei ihr, daß ihre Augen zärtlich auf ihm ruhen konnten. Dort blieb er auch des Nachts sitzen, und wenn die Kranke im Anschauen seines blassen, überwachten Antlitzes ihn bat: ›Georg, leg dich schlafen! Georg, du hältst es ja nicht aus!‹ oder wenn sie ihm versicherte: ›Geh nur; gewiß, es hat heut nacht noch nicht Gefahr‹, so faßte er nur um so fester die heiße Hand der Mutter, als müsse sie gerade jetzt, wenn er sich entfernen wollte, ihm entrissen werden. Eines Nachts aber, da eine Linderung der Schmerzen eingetreten war und da er sich kaum mehr aufrecht zu halten vermochte, hatte er sich dennoch überreden lassen. — Unten in seiner Kammer lag er unausgekleidet auf seinem Bette; traumlos, in tiefem, bleiernem Schlaf. Oben beim Schein der Nachtlampe in sanftem Schlummer hatte er die Mutter zurückgelassen. Währenddes verging die Nacht, und der Tag fing eben an zu grauen, da wurde er plötzlich wie mit sanfter Gewalt aus dem Schlaf emporgezogen. Als er aufblickte, sah er die Tür der Kammer geöffnet und eine Hand, die mit einem weißen Tuch zu ihm hereinwehte. Unwillkürlich sprang er vom Bett auf; aber er hatte sich geirrt, die Tür seiner Kammer war eingeklinkt, wie er in der Nacht sie aus der Hand gelassen. Fast ohne Gedanken ging er die Treppe zu dem Krankenzimmer hinauf. — Es war still drinnen, die Nachtlampe war herabgebrannt, und unter dem dunklen Betthimmel fand er beim trüben Schein der Dämmerung die Leiche seiner Mutter. Als er sich bückte, um die Hand der Toten an seinen Mund zu drücken, die über den Rand des Bettes herabhing, faßte er zugleich ihr weißes Schnupftuch, das sie zwischen den geschlossenen Fingern hielt.«

»Und Ihr Freund? — Wie ist es dem ergangen?«
»Es ist ihm gut ergangen; denn er hat nach mancher Not und schweren Arbeit seinen Lebensplan verwirk-

licht; und er lebt noch jetzt wie unter den Augen und in der Gegenwart seiner Mutter; ihre Liebe, die sie so ohne Rückhalt ihm im Leben gab, ist ihm ein Kapital geworden, das auch in den schwersten Stunden ihn nicht hat darben lassen.

Aber Klärchen, was hältst du denn die Hände vor den Augen?«

»Oh — mir graut nicht.«

»Aber du weinst ja!«

»Ich? — — Warum erzählst du auch so dumme Geschichten?«

»Nun! So mag es denn die letzte sein; ich wüßte für heute auch nichts Besseres zu erzählen.«

2

»Aber es ist noch einmal wieder Sommer geworden, alter Herr! Wo bleiben da unsre Geschichten? Ein Kaminfeuer läßt sich doch bei sechzehn Grad Wärme nicht anzünden!«

»Gnädige Frau, wenn es auch wetterleuchtet draußen, wir sind immerhin schon dicht an den November. Der Teetisch tut es auch für heute; lassen Sie nur den Kessel sausen, ich meinerseits bin mit dem Akkompagnement zufrieden. Freilich —«

»Was denn freilich?«

»Wenn der Teekessel ein Vertreter des häuslichen Herdes sein soll, so muß er unbedingt auf einem Kohlenbecken kochen; und zwar auf Torfkohlen, gehörig durchgeglühten. Das hält auch besser Dauer als jene ungemütliche Maschinerie.«

»Nun, alter Herr, es soll mir auf ein Kännchen Sprit nicht ankommen!«

»Bleibt aber doch immerhin die Apothekerflamme der Berzeliuslampe! — Indessen, da es hierorts weder einen Torf noch einen Teekomfort gibt — Sie kennen das Ding wohl nicht einmal? —, so akzeptiere ich das Kännchen Sprit.«

»Nun, so tun Sie Ihre Mauskiste auf. Was haben Sie zu erzählen?«

»Ich habe heute, da ich an einem neueröffneten Putzladen vorbeiging, lebhaft einer alten Freundin in der Heimat gedenken müssen. Sie war die Tochter eines Handwerkers aus einem Nachbarstädtchen und wohnte längere Zeit in einem meinen Eltern gehörigen Häuschen, dessen Hof an den Garten unsres Wohnhauses grenzte. Sehr gegen ihre Neigung suchte sie ihren Unterhalt durch Putzarbeiten zu erwerben, die sie für die weibliche Bevölkerung der Umgegend verfertigte. Auch verhehlte sie sich keineswegs, daß ihr die Sache ziemlich übel von der Hand ging; und wenn sie nur irgend Feierabend machen konnte, schloß sie die verhaßte Arbeit in die Kommodenschublade und nahm statt dessen eins ihrer geliebten Bücher zur Hand, oder sie griff auch wohl selbst zur Feder und brachte eine kleine Geschichte oder irgendeinen sinnigen Gedanken zu Papier. Die Beschränktheit ihrer Lebensverhältnisse, verbunden mit dem Drang, allerlei feingeistige Nahrung zu sich zu nehmen — denn Rahels Briefe waren ihre Lieblingskost —, hatten eine seltsame, aber nicht uninteressante Auffassung der Dinge bei ihr hervorgebracht; und wir haben über das Gartenstaket hinweg manch kurzweiliges Plauderstündchen miteinander abgehalten.«

»Hans!«

»Was denn, Frau?«

»Du verdunkelst da etwas. — Durch jenes Häuschen führte ein Richtweg nach der Hauptstraße; und neben dem Wege war das Stübchen der Putzmacherin. Gesteh es nur, Hans; dort hast du gesessen, zwischen Lilien und Rosen!«

»Aber, meine Damen, meine Freundin war keineswegs eine Sandsche Geneviève, sondern eine gesetzte, hagere Person von fünfundvierzig Jahren!«

»Aber sie hatte noch sehr blanke, braune Augen, Hans, und die lebhafte Röte ihres Angesichts zeugte von der Erregbarkeit ihres Herzens, und wenn sie mir damals auch in gewählten Worten ihre Freude über unsre Verlobung aussprach, weil der böse Leumund die Besuche des jungen Mannes nun nicht mehr mißdeuten könnte, so habe ich doch darin das verhüllte Bekenntnis gegenseitiger Neigung nicht verkennen können.«

»Ich will unsre beiderseitige Zuneigung keineswegs herabsetzen. Jene Äußerung meiner Freundin aber dürfte wohl nur von einer übermäßigen Jungfräulichkeit herrühren, wie sie durch ein zu langes Verweilen im ledigen Stande mitunter hervorgetrieben wird. Denn als sie später dennoch sich verheiratete und zum Erstaunen der Welt eines tüchtigen Knaben genas, hat sie sich anfänglich nicht überwinden können, den Jungen an die Brust zu legen, weil, wie sie sich ausdrückte, das Kind andern Geschlechts sei.«

»Hans! — — Du lügst ja; sie hat sich ja gar nicht verheiratet.«

»Nicht? — Nun, da verwechsle ich die Geschichte. Sei dem, wie ihm wolle, diese meine Freundin, der ich ein treues Gedächtnis bewahre, war im Heimlichen wie im Unheimlichen sehr zu Hause. Von ihren mancherlei Geschichten ist mir indessen — verzeih, Klärchen! — nur ein Traum im Gedächtnis geblieben!

— Es existierte, so erzählte sie mir, vorzeiten in unsrer Gegend eine reiche holländische Familie, welche allmählich fast alle großen Höfe in der Nähe meiner Vaterstadt in Besitz bekommen hatte — vorzeiten, sage ich; denn das Glück der van A . . . hatte nicht standgehalten. In meiner Kindheit lebte von der ganzen Familie nur noch eine alte Dame, die Witwe des längst verstorbenen Pfenningmeisters van A . . ., die übrigen Glieder der Familie waren gestorben, zum Teil auf seltsame und gewalttätige Weise ums Leben gekommen; und von den ungeheuren Besitzungen war nur noch ein altes Giebelhaus in der Stadt zurückgeblieben, in welchem die Letzte dieses Namens den Rest ihrer Tage in Einsamkeit verlebte. Ich habe sie damals oft gesehen, das schmale, scharfgeschnittene Gesicht von dem dichten Haubenstriche eingefaßt; aber wir Kinder hatten Scheu vor ihr, es lag etwas in ihren Augen, das uns erschreckte. Auch ging allerlei unheimliches Gerede, nicht allein über den Erwerb des Vermögens in früherer Zeit, sondern auch über die Mittel, durch welche der verstorbene Pfenningmeister den Ruin desselben aufzuhalten versucht habe. Ob es ein Mißbrauch seines Amtes oder was es sonst gewesen sein sollte, erinnere ich mich nicht mehr; wohl aber, daß man die überlebende Witwe als die eigentliche Urheberin davon betrachtete. Gleichwohl war es immer eine Art Fest für mich, wenn ich, wie dies wohl bei einer Bestellung für meine Eltern geschah, einige Minuten in ihrem hohen, mit altmodischen Seltsamkeiten angefüllten Zimmer verweilen durfte. Ich sehe sie noch vor mir, wie sie neben dem Glasschrank strack und steif in ihrem Lehnstuhl saß, zwischen Schriften und Rechnungsbüchern umhertastend oder ein großes Strickzeug mit ihren hageren Fingern bewegend. Nur einmal habe ich einen andern Menschen als ihre alte Magd bei ihr angetroffen; und die kurze Szene, von der ich damals Augenzeuge wurde, machte auf mich einen tiefen Eindruck, ohne daß ich mir über die Bedeutung derselben klarzuwerden vermocht hätte. Es war ein zerlumptes Weib aus der Stadt, das vor der alten Dame stand. Bei meinem Eintritt warf sie ihr einen harten Speziestaler vor die Füße und ging dann unter höhnenden, leidenschaftlichen Worten zur Tür hinaus. Die Frau van A . . ., die nichts darauf erwidert hatte, stand jetzt von ihrem Lehnstuhl auf und ging, ohne von mir Notiz zu nehmen, eine lange Weile im Zimmer auf und ab, indem sie die Hände umeinanderwand und halblaute klagende Worte hervorstieß. — Plötzlich eines Morgens hieß es, daß sie gestorben sei, und schon am Nachmittag wußte ich mich in das Sterbehaus zu schleichen und betrachtete durch das Fenster der Stubentür mit einem aus Grauen und Neugier gemischten Gefühle das wachsbleiche Gesicht, das aus

dem weißen Kissen der Alkovenbettstelle hervorragte.
Dann nach einigen Tagen kam die Begräbnisfeier; ich
verspeiste mit großem Appetit die leckeren Butter-
kringel, die beim Leichenschmaus in der Nachbarschaft verteilt wurden, und sah von unsern Treppensteinen aus den mit schwarzem Tuch bezogenen Sarg
aus dem alten Hause hinaus- und die lange Straße
hinabtragen.
Einige Wochen später träumte mir, daß ich in der
Dämmerung auf unserm langen Hausflur spielte. Bei
der immer stärker hereinbrechenden Dunkelheit
überfiel mich mit einem Male ein Gefühl von
Einsamkeit, und ich wollte eben in die Stube zu
meiner Mutter gehen, als ich die Haustürglocke
schellen und die alte Frau van A . . . hereintreten sah.
Ich war mir vollständig bewußt, daß sie tot sei, und
schlüpfte, da sie näher kam, nur kaum an ihr vorbei
in die Wohnstube, wo meine Mutter eben das Licht
angezündet hatte. Während ich zu ihr lief und mich an
ihrer Schürze festhielt, bemerkte ich, daß die Verstorbene in eine bunte Nachtjacke und einen weißen
wollenen Unterrock gekleidet war, wie ich sie in
frühen Morgenstunden wohl mitunter gesehen hatte.
Sie ging auf den kleinen, in die Wand gemauerten
Beilegeofen zu und streichelte mit zitternden Händen
die daran befindlichen Messingknöpfe; dabei wandte
sie den Kopf zu meiner Mutter und sagte mit einer
traurigen Stimme: ›Ach, Frau Nachbarin, darf ich mich
wohl ein bißchen wärmen? Mich friert so sehr!‹ Und
als sie, leise vor sich hin seufzend, noch eine Weile
stehenblieb, bemerkte ich, daß unten der Saum ihres

wollenen Rockes an mehreren Stellen angebrannt war.
— — Wie der Traum ausgegangen, weiß ich nicht; ich
dachte am andern Morgen nicht eben lange daran und
sagte auch niemandem davon. Aber er erneuerte sich.
— Einige Nächte darauf träumt mir, daß ich abends
wie gewöhnlich mit meiner Näharbeit neben meiner
Mutter in der Stube sitze, da schellte es draußen an der
Haustür. ›Sieh zu, wer da ist!‹ sagte meine Mutter;
und als ich die Tür öffne, um hinauszusehen, steht
wieder die Frau van A . . . vor mir, in derselben
Kleidung, wie ich sie das vorige Mal gesehen. Von dem
entsetzlichsten Grauen befallen, springe ich zurück
und krieche längs der Wand unter den großen Tisch,
welcher in der Ecke am Fenster stand. Wie das erste
Mal ging die Frau, leise vor sich hin jammernd, an den
Ofen. ›Mich friert, ach, wie mich friert!‹ sagte sie, und
ich hörte deutlich, wie ihr Zähne aufeinanderschlugen.
Bei dem Schein des auf dem Tische stehenden Lichtes
bemerkte ich jetzt auch, daß sie bloße Füße hatte, aber
seltsamerweise, es waren große Brandwunden an denselben, und auch der wollene Rock war heute weit
mehr verbrannt als in der vorigen Nacht. Und dabei
stand sie fortwährend und klammerte sich mit den
Händen an den Ofen, nur mitunter einen Seufzer oder
ein tiefes Stöhnen ausstoßend.
Der Traum wollte mich diesmal am Morgen nicht
wieder verlassen. Während des Frühstücks duldete
mein Vater nicht, daß irgend etwas Aufregendes oder
Unangenehmes von uns vorgebracht wurde. Als aber
später meine Mutter aufstand und in die Küche ging,
folgte ich ihr und erzählte ihr dort genau, was mir in

den beiden Nächten geträumt hatte. Ich sehe noch die Bestürzung, die sich während meiner Erzählung in ihrem Gesicht ausdrückte. Ich hatte kaum geendet, als sie die Hände über dem Kopf zusammenschlug und in ihrer plattdeutschen Mundart ausrief: ›Herr Gott im Himmel, ganz min egen Droom!‹ — Dann erzählte sie mir, wie sie in denselben Nächten im Traum genau dasselbe erlebt hatte wie ich. — — Später hat sich indessen der Traum bei uns nicht wiederholt. —«

»Woher ist die tote Frau gekommen?«
»Ich kann Ihnen hierauf leider keine Antwort geben. Aber zwei andre Fragen treten bei dieser Geschichte, an deren Wahrheit ich keinen Grund zu zweifeln habe, wenigstens an mich noch näher heran. War der eine Traum nur die Quelle des andern, wie das bei dem Wolfe so augenscheinlich der Fall zu sein scheint, oder gab es noch ein Drittes, worin dieselben ihren gemeinsamen Ursprung hatten? —
Lassen Sie mich Ihnen indessen sogleich noch einen andern Vorfall erzählen.
Vor einigen Jahren verlebte ich, wie Sie wissen, mit meiner Frau ein paar Wochen auf dem Gute meines Bruders. Wenn wir des Tags zwischen Wiesen und Kornfeldern umhergeschlendert oder auch wohl mit den Kindern in den nahen Wald gefahren waren, so stand abends im Hause ein sehr behaglicher Teetisch für uns bereit, an dem sich auch wohl der eine oder andre von den benachbarten Hofbesitzern einzufinden pflegte. Bei solcher Veranlassung beklagte sich eines Abends mein Bruder gegen seinen nächsten Gutsnach-

bar, einen Mann, mit dem es sich sehr angenehm plauderte, daß ihm seit einiger Zeit fortwährend kleine Quantitäten Frucht von seinem Boden abhanden gekommen, ohne daß er den Dieb zu entdecken vermocht hätte. Nachdem alles durchgesprochen war, was etwa zur Aufklärung der Sache dienen mochte, sagte Herr B . . .: ›Mir selbst ist es in einem ähnlichen Falle nach dem Sprichwort ergangen: Gott gibt's den Trägen im Schlaf.‹ — Auf näheres Befragen erzählte er dann folgendes:

— Wie Sie wissen, pflegte ich die zu meinem Haferboden führende Falltür jeden Abend mit einem Vorlegeschloß zu verschließen und den Schlüssel beim Zubettgehen mit in meine Schlafkammer zu nehmen. So habe ich es schon seit vielen Jahren gehalten. In dem Herbste, ehe Sie im Frühjahr darauf in unsre Nachbarschaft kamen, bemerkte ich mehrfach, wenn ich des Morgens auf den Boden kam, daß in der Nacht jemand, und zwar in scheinbarer Hast, über dem Hafer gewesen sei. Denn es war an dem einen, bald an dem andern Ende des Haufens darin gewühlt, und eine Menge Körner lagen unordentlich über die Dielen zerstreut, was ich an den Abenden vorher, wo ich zufällig auch dort gewesen war, nicht bemerkt hatte. Mein erster Gedanke war, daß mein Kutscher, dem ich seit einiger Zeit, zu seinem großen Ärger, die Rationen für die Pferde etwas beschränkt hatte, aus Liebe zu dem armen Viehzeug zum Spitzbuben geworden sei. Allein aus verschiedenen Gründen mußte ich den Verdacht aufgeben.

Da träumte mir eines Nachts, ich stehe im Mondschein

auf dem Haferboden am Fenster. Wie ich dahin gelangt sein sollte, wußte ich nicht anzugeben; denn es war mir sehr wohl bewußt, daß die Falltür verschlossei. Plötzlich höre ich unter derselben einen Schlüssel in dem Vorlegeschloß umdrehen; gleich darauf hebt sich die Tür, und ich sehe bei der in dem Raume herrschenden Mondhelle das Gesicht eines Menschen von der Treppe her auftauchen, in dem ich deutlich einen alten Arbeiter erkannte, der schon seit vielen Jahren bei mir gearbeitet und den ich in keiner Weise in Verdacht gehabt hatte. Während er noch mit dem Arm die Tür zurückdrängt, scheint auch er mich gewahr zu werden, denn die Tür fällt wieder zu, und ich sehe nichts mehr.

Aber ich erwache. Das Gesicht war so lebhaft gewesen, daß mir das Herz klopfte, und dabei schien der Mond so grell in die Kammer; gerade wie ich es im Traum gesehen. Ich wollte aufstehen und die Sache sogleich untersuchen, aber ich schalt mich einen Narren; auch war es kalt draußen, über den Hof zu gehen, und das Bett war so behaglich warm. Mit einem Wort, ich konnte mich nicht überwinden und schlief endlich wieder ein.

Am andern Morgen, als ich beim Frühstück saß, trat der alte Martin zu mir in die Stube. Er sah verstört aus, drehte seine Mütze in den Händen und stand eine ganze Weile vor mir, ohne ein Wort hervorbringen zu können. ›Jagen Sie mich nicht fort, Herr‹, sagte er endlich, ›es ist aus großer Not geschehen.‹ — ›Wie meint Er das, Martin?‹ fragte ich. — Er sah mich an. ›Ich wollte auch schon sogleich auf den Boden zurück‹, sagte er dann, ›aber ich war so sehr erschrocken, als ich Sie da so am Fenster stehen sah.‹ — Während ich in diesem Augenblick vielleicht nicht weniger erschrak, erfuhr ich nach und nach die näheren Umstände des Diebstahls und die unglücklichen Verhältnisse, die den bisher ehrlichen Mann zum Verbrecher gemacht hatten. —

Hier schwieg der Erzähler. Von meinem Bruder erfuhr ich später, daß er dem alten Martin damals gründlich geholfen und ihn auch bis zu dessen Tode auf dem Hofe behalten hat. — — Da hätten wir also eine Geschichte, wo der Wachende durch den Träumenden zum Visionär wird. — »Aber der Tee dürfte indessen fertig sein; vielleicht ist Klärchen so gütig?«
»Aber was sehen Sie denn so in die Tasse, alter Herr? Er ist vorschriftsmäßig präpariert.«
»O der! Der prophezeit aus der Teetasse oder vielmehr aus der Tasse Tee wie die Hexe aus dem Kaffeesatz. Nämlich nicht etwa das Schicksal, sondern den Bildungsgrad der Familie, in der die Tasse präsentiert wird; und wenn wir hier nicht so ganz unzweifelhaft gebildete Leute wären, ich glaube, er wäre imstande, mitunter daran zu zweifeln.«
»Was ist das, alter Herr! Verteidigen Sie sich, oder — prophezeien Sie lieber einmal; Sie haben die Tasse ja in Händen.«
»Meine gnädigste Frau, Sie werden mir zugeben, daß, so wie das Bier der Feind, so der Tee der Freund der denkenden Menschen ist; und es dürfte daher die Art, wie dieser Freund in einem Hause be- respektive

mißhandelt, wie er serviert und genossen wird, zu allerlei nicht gar zu fehltreffenden Schlußfolgerungen in der angedeuteten Beziehung berechtigen.«

»Das ist ja aber eine ganz unverschämte Theorie!«

»Ich will mich schlafen legen; denn jetzt folgt das ganze Rezept der Teebereitung.«

»Nein, Kläre, es folgt nicht, obgleich so etwas von einem Küstenmenschen zu hören euch hier nur ersprießlich sein könnte.«

»Seien Sie nicht so grob, alter Herr!«

»Ich bestrafe mich durch Schweigen. Aber Herr T. wird Ihnen die Geschichte erzählen, die ich ihm schon seit lange am Gesichte angesehen habe.«

»Sie haben nicht fehlgeschlagen; es ist mir allerdings etwas eingefallen, das sich dem vorhin Erzählten anschließt, nur daß es noch um einen Schritt darüber hinausgeht.«

»Wir sind bereit zu hören.«

»Als ich vor einigen Jahren, es war um Ostern, in B. in Garnison stand — so erzählte mir der Hauptmann von K. —, wollten die dortigen Offiziere einer schönen Fremden einen Abschiedsball geben, mit der wir den Winter über viel und gern getanzt hatten. Eine unumgängliche Reparatur war Veranlassung, daß wir auf den Saal des Kasinos verzichteten und uns nach einem andern Lokal umtun mußten. Das hatte indessen in B., das an dergleichen Räumlichkeiten etwa nicht reich ist, seine Schwierigkeiten. Es wurde ein Komitee von vier Festordnern niedergesetzt, zu denen auch ich gehörte, und demselben das ganze Arrangement der Sache, vor allem aber die Aufspürung des Ballsaales, aufgetragen.

36

Endlich nach vielen Bemühungen war er gefunden; in einem großen, ziemlich baufälligen Hause der Vorstadt, das in früheren Jahren, als B. noch Universitätsstadt war, zum öffentlichen Tanzlokale gedient hatte. Jetzt wurde es in seinen oberen Räumlichkeiten als Kornspeicher benutzt; der ungeheure Saal selbst stand gegenwärtig leer und ungebraucht. Aber mochte er schon in seinen besten Zeiten sich nur einer bescheidenen Ausrüstung erfreut haben, jetzt, mit den vor Feuchtigkeit triefenden Wänden, mit der dumpfen Luft hinter den geschlossenen Fensterläden dünkte er mich beim ersten Eintritt in der Tat wie eine große Gruft. Desto mehr gab es für uns zu tun; denn wodurch ließe sich ein tanzlustiges Offizierskorps wohl entmutigen. Es gab indessen ein neues Hindernis zu überwinden. Der Pächter des Hauses hatte eben eine Quantität Korn gekauft, welche in den nächsten Tagen auf dem Saal gelagert werden sollte, da die Böden so gut wie besetzt waren. Wir ließen uns auch das nicht anfechten; wir gingen zu dem Herrn Agenten, wir plauderten mit ihm, wir machten uns liebenswürdig und brachten es auch wirklich dahin, daß der nachgiebige Mann, augenscheinlich wider bessere Einsicht, das Korn in den oberen Räumen des Gebäudes unterbringen ließ. Dann wurden Maurer, Tischler, Tapezierer in Arbeit gesetzt; in dem alten Saale wurde gelüftet, gehämmert, drapiert und gestrichen; und täglich ging einer oder der andre von uns da hin, um die Arbeiten zu beaufsichtigen und anzuordnen. — Plötzlich, zu meinem großen Bedauern, wurde ich nach H. abkommandiert. Da war kein Ausweg, ich mußte auf den Ball verzichten. An meiner Stelle trat auf meinen Vorschlag der Hauptmann von L. in das Festkomitee, mein ältester und intimster Jugendfreund.

Ein paar Tage nachdem ich meinen neuen Bestimmungsort erreicht hatte, saß ich eines Nachmittags, mit Briefschreiben beschäftigt, auf meinem Zimmer. Ich schrieb an L., den ich um die Nachsendung einiger Effekten und die Bezahlung einiger kleiner Schulden ersuchen wollte. Ich hatte auch sonst noch so manches auf dem Herzen, was ich dem Freunde mitteilen mußte. So saß ich, ganz in meinen Brief vertieft. Als ich aber zufällig einmal die Augen aufschlage, sehe ich zu meiner Verwunderung L. selbst in der Ecke des Zimmers stehen und mit sonderbar ausdruckslosen Augen nach mir hinstarren. Er sprach nicht; aber er führte mit einer schwerfälligen Gebärde die Hand an die Lippen und schien sich damit etwas aus dem Munde zu ziehen. Es kam mir vor, als ob es Getreidekörner seien. Indem ich aber die Augen anstrengte, um schärfer zu sehen, wurde die Gestalt undeutlich, und bald sah ich nichts mehr als die nackten Wände. Erst jetzt, als ich mich in dem hellen Zimmer wieder allein fand, überkam mich das Gefühl des Unheimlichen; ich stand auf und verschloß den angefangenen Brief in meinen Sekretär, ich konnte mich nicht überwinden, ihn zu Ende zu schreiben.

Einige Tage darauf erhielt ich von einem andern Kameraden die Nachricht, daß an jenem Vormittage der mit Getreide überlastete Boden oberhalb des Saales eingestürzt sei. Als man das Korn hinweggeräumt, hatte man unter demselben die Leiche des

Hauptmanns von L. gefunden, der, da die Arbeiter zum Mittagessen fortgegangen waren, sich zur Zeit des Unfalls allein in dem schon fast vollendet umgestalteten Festlokale aufgehalten hatte.«

»Horatio sagt, es sei nur Einbildung!«
»Wer sprach da? — Du, Alexius? Endlich?«
»Ich habe schon zu Anfang eurer Geschichte hier an der Portiere gestanden und zugehört, wie ihr von den Träumenden auf den Sterbenden gekommen seid. Es bleibt nun noch eins übrig; und wenn ihr hören wollt, so werde ich mich nicht scheuen, diesen letzten Schritt zu tun. — Nein, bleibt nur ruhig sitzen! Es läßt sich auch von hier aus erzählen.
Ich habe diese seltsame Geschichte von einem nahen Verwandten, der sie zum Teil selbst erlebt, teils später aus nächster Quelle erfahren hat. Er hielt sich vor mehreren Jahren vorübergehend in B. auf, wo derzeit auch der in wissenschaftlichen und künstlerischen Kreisen bekannte Geheime Medizinalrat W . . . lebte. Eines Abends, da er in Gesellschaft mit demselben zusammentraf, geriet die Unterhaltung in Veranlassung eines soeben erschienenen Buches, ›Über das Leben der Seele‹, unmerklich in jene dunkle Region, wo wir so gern mit unsicherem Finger umhertasten. Man besprach die Fortexistenz der Seele nach dem Vergehen des Körpers und endlich auch die Möglichkeit einer Einwirkung der Toten auf die Lebendigen. Der alte Medizinalrat hatte bei dieser letzten Wendung des Gesprächs schweigend in seinem Lehnstuhl gesessen. Nun erhob er den weißgepuderten

Kopf und sagte: ›Meine verehrten Herrschaften, wenn dergleichen möglich wäre, so würde ich es ohne Zweifel an mir erfahren haben; ich will auch nicht leugnen, daß mir mitunter die Gedanken so gekommen sind; jedoch geschehen ist mir niemals etwas.‹ Auf näheres Andringen fuhr er dann fort: ›Es ist kein Hehl dabei, ich kann es in diesem vertrauten Kreise wohl mitteilen, zumal Sie den, welchen es betrifft, gekannt und auch wohl wertgehalten haben. Ich meine unsern verstorbenen Freund, den Justizrat Z. Sie werden sich erinnern, daß er jahrelang an einem Herzleiden kränkelte, bis es endlich seinem tätigen Leben ein plötzliches Ziel setzte. Der Zustand des Kranken war derart, daß darüber die differentesten Meinungen bei den zu Rate gezogenen Ärzten herrschten.—Während der letzten Monate hatte ich mit diesem werten Freunde, der sich rücksichtlich des annahenden Todes keineswegs einer Täuschung hingab, vielfache Gespräche gepflogen, wie wir sie heute abend hier gehört haben; namentlich liebte er es, sich hypothetischen Grübeleien über einen notwendigen Zusammenhang des Körpers mit der Seele hinzugeben. Nur daraus vermag ich es zu erklären, daß der sonst so verständige Mann von einer fast unbegreiflichen Angst vor einer demnächstigen Sektion seiner Leiche heimgesucht wurde, welche er andererseits von der wissenschaftlichen Neugier meiner Herren Kollegen mit gutem Grund erwarten konnte.

So kam es eines Abends, daß ich, der ich ihn mit jeweiliger Zuziehung des Professors X. in den letzten Jahren behandelt hatte, ihm auf sein dringendes

Verlangen das feierliche Versprechen gab, bei Eintritt des Todes die Eröffnung seiner Leiche unter jeder Bedingung zu verhindern. — Kurz ehe dieser erfolgte, mußte ich in Veranlassung einer amtlichen Kommission die Stadt verlassen, nachdem ich die Sorge für diesen wie für meine andern Kranken dem Professor X. übertragen hatte. — Ich kehrte erst nach mehrtägiger Abwesenheit in die Stadt zurück. Es war schon dunkel. Als ich an dem Hause des Justizrats Z. vorüberfuhr, sah ich mit Verwunderung, daß die beiden Wohnzimmer desselben hell erleuchtet waren; das fiel mir auf, denn die Fenster des Krankenzimmers lagen nach dem Hofe hinaus. Ich ließ den Kutscher halten und begab mich nun unmittelbar aus dem Wagen in das Haus. Bei meinem Eintritt in das erste Zimmer blinkten mir von seiner Kommode die Skalpelle und sonstige Gerätschaften entgegen; dabei der für einen Anatomen unverkennbare signifikante Geruch. Aus der angrenzenden Stube hörte ich die diktierende Stimme des Professors X.; ich brauchte nichts weiter zu erfahren, ich wußte alles, was geschehen war. — Als ich die zweite Tür öffnete, sah ich den Leichnam meines Freundes auf dem Tische liegen; er war schon geöffnet, die Intestina zum Teil herausgenommen, die Sektion in vollem Gange. Ich war heftig bewegt — und statt auf die gelehrten Auseinandersetzungen des Professors X. und des ihm assistierenden Arztes einzugehen, teilte ich ihnen meine dem Toten gegebene feierliche Zusage mit. Die Herren wollten dieselbe zwar nur als ein Beruhigungsmittel gelten lassen, wie solches dem Kranken wohl

41

ohne weitere Absicht gegeben wird, indessen schließlich mußten sie mir dennoch versprechen, von weiterem Verfahren abzustehen und die herausgenommenen Teile in den Körper zurückzulegen. Ich verließ sie dann und fuhr nach meiner Wohnung; ermüdet von der Reise, voll Schmerz um den Tod des Freundes und belastet mit einer unheimlichen Trauer, daß ich ihm das gegebene Wort nun dennoch nicht hatte halten können. — Es ist nun fast ein Jahr vergangen, aber gleichwohl — ich bin niemals gemahnt worden.‹

Der Medizinalrat schwieg, und es entstand eine augenblickliche Stille in der Gesellschaft, die wohl dem Andenken des Verstorbenen gelten mochte. Mit einem Male aber richteten sich die Blicke der Anwesenden wieder auf den Erzähler, der seinen Lehnstuhl verlassen hatte und mit vorgestreckten Händen in der Stellung eines Horchenden dastand. In dem faltenreichen alten Gesicht war der Ausdruck der höchsten Spannung, ja der Bestürzung nicht zu verkennen. Nach einer Weile hörte man ihn halblaut, wie zu sich selber, sagen: ›Das ist entsetzlich!‹ Als hierauf der Herr des Hauses, einer seiner ältesten Freunde, ihn sanft bei der Hand ergriff, richtete er sich langsam auf und blickte in der Gesellschaft umher, als wolle er gewiß werden, wo er sich befinde. ›Meine verehrten Herrschaften‹, sagte er dann, ›ich habe soeben etwas erfahren — was und woher, erlassen Sie mir, Ihnen mitzuteilen. Nur so viel mag ich sagen, daß meine vorhin geäußerten Ansichten dadurch im wesentlichen berichtigt werden dürften. — Zugleich muß ich bitten, mich für heute abend zu entlassen; ich habe einen notwendigen Gang zu tun.‹ — — Der Medizinalrat nahm Hut und Stock und verließ die Gesellschaft. Als er draußen war, ging er quer über den Markt nach der Wohnung des Professors X., den er in seinem Studierzimmer antraf. Er redete ihn ohne weiteres an: ›Sie erinnern sich noch des Justizrats, Herr Professor, und der von Ihnen geleiteten Sektion seiner Leiche?‹ — ›Gewiß, Herr Medizinalrat.‹ — ›Auch des mir bei dieser Gelegenheit gegeben Versprechens?‹ — ›Auch dessen.‹ — ›Aber Sie haben mich getäuscht, Herr Kollege!‹ — ›Ich verstehe Sie nicht, Herr Kollege.‹ — ›Sie werden mich schon verstehen, wenn Sie mir nur erlauben wollen, dort einige Bücher in dem dritten Fach Ihres Repositoriums hinwegzuräumen!‹ — Und ehe der andre noch zu antworten vermochte, war der aufgeregte Greis schon herangetreten, und nachdem er mit zitternden Händen einige Bände beiseite gelegt, holte er aus der Ecke des Faches einen Glashafen hervor, in welchem sich ein Präparat in Spiritus befand. Es war ein ungewöhnlich großes menschliches Herz. — ›Es ist das Herz meines Freundes‹, sagte er, das Glas mit beiden Händen fassend, ich weiß es, aber der Tote muß es wiederhaben; noch heute, diese Nacht noch!‹ — Der Professor wurde bestürzt; er war überzeugt, daß kein Mensch dem Medizinalrate seinen heimlichen Besitz verraten haben konnte. Aber er gestand demselben, daß in der Tat an jenem Abend das anatomische Gelüste über seine Gewissenhaftigkeit den Sieg davongetragen habe. — — Das Herz des Toten wurde noch in derselben Nacht zu ihm in den Sarg gelegt.«

»Pfui! Wer befreit mich von diesem Schauder?«

»Schauder? Du sprichst ja wie ein moderner Literarhistoriker.«

»Ich? Weshalb?«

»Weil du in dem Grauen nur die Gänsehaut siehst.«

»Nun, und was wäre es denn anders?«

»Was es anders wäre? — — Wenn wir uns recht besinnen, so lebt doch die Menschenkreatur, jede für sich, in fürchterlicher Einsamkeit; ein verlorener Punkt in dem unermessenen und unverstandenen Raum. Wir vergessen es; aber mitunter dem Unbegreiflichen und Ungeheuren gegenüber befällt uns plötzlich das Gefühl davon; und das, dächte ich, wäre etwas von dem, was wir Grauen zu nennen pflegen.«

»Unsinn! Grauen ist, wenn einem nachts ein Eimer mit Gründlingen ins Bett geschüttet wird; das hab ich schon gewußt, als meine Schuhe noch drei Heller kosteten.«

»Hast recht, Klärchen! Oder wenn man abends vorm Schlafengehen unter alle Betten und Kommoden leuchtet, und ich weiß eine, die das sehr eifrig ins Werk setzen wird. Es könnte sogar sehr bald geschehen, denn es ist spät, meine Herrschaften; Bürger-Bettzeit, wie ich fast in dieser auserwählten Gesellschaft gesagt hätte.«

DIE REGENTRUDE

Einen so heißen Sommer, wie nun vor hundert Jahren, hat es seitdem nicht wieder gegeben. Kein Grün fast war zu sehen; zahmes und wildes Getier lag verschmachtet auf den Feldern.

Es war an einem Vormittag. Die Dorfstraßen standen leer; was nur konnte, war ins Innerste der Häuser geflüchtet; selbst die Dorfkläffer hatten sich verkrochen. Nur der dicke Wiesenbauer stand breitspurig in der Torfahrt seines stattlichen Hauses und rauchte im Schweiße seines Angesichts aus seinem großen Meerschaumkopfe. Dabei schaute er schmunzelnd einem mächtigen Fuder Heu entgegen, das eben von seinen Knechten auf die Diele gefahren wurde. — Er hatte vor Jahren eine bedeutende Fläche sumpfigen Wiesenlandes um geringen Preis erworben, und die letzten dürren Jahre, welche auf den Feldern seiner Nachbarn das Gras versengten, hatten ihm die Scheuern mit duftendem Heu und den Kasten mit blanken Krontalern gefüllt.

So stand er auch jetzt und rechnete, was bei den immer steigenden Preisen der Überschuß der Ernte für ihn einbringen könne. »Sie kriegen alle nichts«, murmelte er, indem er die Augen mit der Hand beschattete und zwischen den Nachbarsgehöften hindurch in die flimmernde Ferne schaute; »es gibt gar keinen Regen mehr in der Welt.« Dann ging er an den Wagen, der eben abgeladen wurde; er zupfte eine Handvoll Heu heraus, führte es an seine breite Nase und lächelte so verschmitzt, als wenn er aus dem kräftigen Duft noch einige Krontaler mehr herausriechen könne.

In demselben Augenblicke war eine etwa funfzigjährige Frau ins Haus getreten. Sie sah blaß und leidend aus, und bei dem schwarzseidenen Tuche, das sie um den Hals gesteckt trug, trat der bekümmerte Ausdruck ihres Gesichtes nur noch mehr hervor. »Guten Tag, Nachbar«, sagte sie, indem sie dem Wiesenbauer die Hand reichte, »ist das eine Glut; die Haare brennen einem auf dem Kopfe!«

»Laß brennen, Mutter Stine, laß brennen«, erwiderte er, »seht nur das Fuder Heu da! Mir kann's nicht zu schlimm werden!«

»Ja, ja, Wiesenbauer, Ihr könnt schon lachen; aber was soll aus uns andern werden, wenn das so fortgeht!«

Der Bauer drückte mit dem Daumen die Asche in seinen Pfeifenkopf und stieß ein paar mächtige Dampfwolken in die Luft. »Seht Ihr«, sagte er, »das kommt mit der Überklugheit. Ich hab's ihm immer gesagt; aber Euer Seliger hat's alleweg besser verstehen wollen. Warum mußte er all sein Tiefland vertauschen! Nun sitzt Ihr da mit den hohen Feldern,

wo Eure Saat verdorrt und Euer Vieh verschmachtet.«
Die Frau seufzte.

Der dicke Mann wurde plötzlich herablassend. »Aber,
Mutter Stine«, sagte er, »ich merke schon, Ihr seid
nicht von ungefähr hiehergekommen; schießt nur
los, was Ihr auf dem Herzen habt!«

Die Witwe blickte zu Boden. »Ihr wißt wohl«, sagte
sie, »die funfzig Taler, die Ihr mir geliehen, ich soll
sie auf Johanni zurückzahlen, und der Termin ist vor
der Tür.«

Der Bauer legte seine fleischige Hand auf ihre
Schulter. »Nun macht Euch keine Sorge, Frau! Ich
brauche das Geld nicht; ich bin nicht der Mann, der
aus der Hand in den Mund lebt. Ihr könnt mir Eure
Grundstücke dafür zum Pfande einsetzen; sie sind
zwar nicht von den besten, aber mir sollen sie diesmal
gut genug sein. Auf den Sonnabend könnt Ihr mit mir
zum Gerichtshalter fahren.«

Die bekümmerte Frau atmete auf. »Es macht zwar
wieder Kosten«, sagte sie, »aber ich danke Euch doch
dafür.«

Der Wiesenbauer hatte seine kleinen klugen Augen
nicht von ihr gelassen. »Und«, fuhr er fort, »weil wir
hier einmal beisammen sind, so will ich Euch auch
sagen, der Andrees, Euer Junge, geht nach meiner
Tochter!«

»Du lieber Gott, Nachbar, die Kinder sind ja miteinander aufgewachsen!«

»Das mag sein, Frau; wenn aber der Bursche meint,
er könne sich hier in die volle Wirtschaft einfreien,
so hat er seine Rechnung ohne mich gemacht!«

Die schwache Frau richtete sich ein wenig auf und
sah ihn mit fast zürnenden Augen an. »Was habt Ihr
denn an meinem Andrees auszusetzen?« fragte sie.
»Ich an Eurem Andrees, Frau Stine? — Auf der Welt
gar nichts! Aber« — und er strich sich mit der Hand
über die silbernen Knöpfe seiner roten Weste —
»meine Tochter ist eben meine Tochter, und des
Wiesenbauers Tochter kann es besser belaufen.«
»Trotzt nicht zu sehr, Wiesenbauer«, sagte die Frau
milde, »ehe die heißen Jahre kamen —!«
»Aber sie sind gekommen und sind noch immer da,
und auch für dies Jahr ist keine Aussicht, daß Ihr
eine Ernte in die Scheuer bekommt. Und so gehts
mit Eurer Wirtschaft immer weiter rückwärts.«
Die Frau war in tiefes Sinnen versunken; sie schien
die letzten Worte kaum gehört zu haben. »Ja«, sagte
sie, »Ihr mögt leider recht behalten, die Regentrude
muß eingeschlafen sein; aber — sie kann geweckt
werden!«
»Die Regentrude?« wiederholte der Bauer hart.
»Glaubt Ihr auch an das Gefasel?«
»Kein Gefasel, Nachbar!« erwiderte sie geheimnisvoll.
»Meine Urahne, da sie jung gewesen, hat sie selber
einmal aufgeweckt. Sie wußte auch das Sprüchlein
noch und hat es mir öfters vorgesagt; aber ich habe
es seither längst vergessen.«
Der dicke Mann lachte, daß ihm die silbernen Knöpfe
auf seinem Bauche tanzten. »Nun, Mutter Stine, so
setzt Euch hin und besinnt Euch auf Euer Sprüchlein.
Ich verlasse mich auf mein Wetterglas, und das steht
seit acht Wchoen auf beständig Schön!«

50

»Das Wetterglas ist ein totes Ding, Nachbar; das kann doch nicht das Wetter machen!«

»Und Eure Regentrude ist ein Spukeding, ein Hirngespinst, ein Garnichts!«

»Nun, Wiesenbauer«, sagte die Frau schüchtern, »Ihr seid einmal einer von den Neugläubigen!«

Aber der Mann wurde immer eifriger. »Neu- oder altgläubig!« rief er, »geht hin und sucht Eure Regenfrau und sprecht Euer Sprüchlein, wenn Ihr's noch beisammenkriegt! Und wenn Ihr binnen heut und vierundzwanzig Stunden Regen schafft, dann — !« Er hielt inne und paffte ein paar dicke Rauchwolken vor sich hin.

»Was dann, Nachbar?« fragte die Frau.

»Dann — — dann — zum Teufel, ja, dann soll Euer Andrees meine Maren freien!«

In diesem Augenblick öffnete sich die Tür des Wohnzimmers, und ein schönes schlankes Mädchen mit rehbraunen Augen trat zu ihnen auf die Durchfahrt hinaus. »Topp, Vater«, rief sie, »das soll gelten!« Und zu einem ältlichen Mann gewandt, der eben von der Straße her ins Haus trat, fügte sie hinzu: »Ihr habt's gehört, Vetter Schulze!«

»Nun, nun, Maren«, sagte der Wiesenbauer, »du brauchst keine Zeugen gegen deinen Vater aufzurufen; von meinem Wort, da beißt dir keine Maus auch nur ein Titelchen ab.«

Der Schulze schaute indes, auf seinen langen Stock gestützt, eine Weile in den freien Tag hinaus; und hatte nun sein schärferes Auge in der Tiefe des glühenden Himmels ein weißes Pünktchen schwimmen sehen oder wünschte er es nur und glaubte es deshalb gesehen zu haben, aber er lächelte hinterhältig und sagte: »Mög's Euch bekommen, Vetter Wiesenbauer, der Andrees ist allewege ein tüchtiger Bursch!«

Bald darauf, während der Wiesenbauer und der Schulze in dem Wohnzimmer des erstern über allerlei Rechnungen beisammensaßen, trat Maren an der andern Seite der Dorfstraße mit Mutter Stine in deren Stübchen.

»Aber Kind«, sagte die Witwe, indem sie ihr Spinnrad aus der Ecke holte, »weißt du denn das Sprüchlein für die Regenfrau?« »Ich?« fragte das Mädchen, indem sie erstaunt den Kopf zurückwarf.

»Nun, ich dachte nur, weil du so keck dem Vater vor die Füße tratst.«

»Nicht doch, Mutter Stine, mir war nur so ums Herz, und ich dachte auch, Ihr selber würdet's wohl noch beisammenbekommen. Räumt nur ein bissel auf in Eurem Kopfe; es muß ja noch irgendwo verkramet liegen!«

Frau Stine schüttelte den Kopf. »Die Urahne ist mir früh gestorben. Das aber weiß ich noch wohl, wenn wir damals große Dürre hatten, wie eben jetzt, und uns dabei mit der Saat oder dem Viehzeug Unheil zuschlug, dann pflegte sie wohl ganz heimlich zu sagen: ›Das tut der Feuermann uns zum Schabernack, weil ich einmal die Regenfrau geweckt habe!‹«

»Der Feuermann?« fragte das Mädchen, »wer ist denn das nun wieder?« Aber ehe sie noch eine Antwort erhalten konnte, war sie schon ans Fenster gesprungen und rief: »Um Gott, Mutter, da kommt der Andrees; seht nur, wie verstürzt er aussieht!«

Die Witwe erhob sich von ihrem Spinnrade. »Freilich, Kind«, sagte sie niedergeschlagen, »siehst du denn nicht, was er auf dem Rücken trägt? Da ist schon wieder eins von den Schafen verdurstet.«

Bald darauf trat der junge Bauer ins Zimmer und legte das tote Tier vor den Frauen auf den Estrich. »Da habt ihr's!« sagte er finster, indem er sich mit der Hand den Schweiß von der heißen Stirn strich.

Die Frauen sahen mehr in sein Gesicht als auf die tote Kreatur. »Nimm dir's nicht so zu Herzen, Andrees!« sagte Maren. »Wir wollen die Regenfrau wecken, und dann wird alles wieder gut werden.«

»Die Regenfrau!« wiederholte er tonlos. »Ja, Maren, wer die wecken könnte! — Es ist aber auch nicht wegen dem allein; es ist mir etwas widerfahren draußen.« —

Die Mutter faßte zärtlich seine Hand. »So sag es von dir, mein Sohn«, ermahnte sie, »damit es dich nicht siech mache!«

»So hört denn!« erwiderte er. — »Ich wollte nach unsern Schafen sehen und ob das Wasser, das ich gestern abend für sie hinaufgetragen, noch nicht verdunstet sei. Als ich aber auf den Weideplatz kam, sah ich sogleich, daß es dort nicht seine Richtigkeit habe; der Wasserzuber war nicht mehr, wo ich ihn hingestellt, und auch die Schafe waren nicht zu sehen. Um sie zu suchen, ging ich den Rain hinab bis an den Riesenhügel. Als ich auf die andere Seite kam, da sah ich sie alle liegen, keuchend, die Hälse lang auf die

Erde gestreckt; die arme Kreatur hier war schon krepiert. Daneben lag der Zuber umgestürzt und schon gänzlich ausgetrocknet. Die Tiere konnten das nicht getan haben; hier mußte eine böswillige Hand im Spiele sein.«

»Kind, Kind«, unterbrach ihn die Mutter, »wer sollte einer armen Witwe Leides zufügen!«

»Hört nur zu, Mutter, es kommt noch weiter. Ich stieg auf den Hügel und sah nach allen Seiten über die Ebene hin; aber kein Mensch war zu sehen, die sengende Glut lag wie alle Tage lautlos über den Feldern. Nur neben mir auf einem der großen Steine, zwischen denen das Zwergenloch in den Hügel hinabgeht, saß ein dicker Molch und sonnte seinen häßlichen Leib. Als ich noch so halb ratlos, halb ingrimmig um mich her starrte, höre ich auf einmal hinter mir von der andern Seite des Hügels her ein Gemurmel, wie wenn einer eifrig mit sich selber redet, und als ich mich umwende, sehe ich ein knorpsiges Männlein im feuerroten Rock und roter Zipfelmütze unten zwischen dem Heidekraute auf und ab stapfen. – Ich erschrak mich, denn wo war es plötzlich hergekommen! – Auch sah es gar so arg und mißgeschaffen aus. Die großen braunroten Hände hatte es auf dem Rücken gefaltet, und dabei spielten die krummen Finger wie Spinnenbeine in der Luft. – Ich war hinter den Dornbusch getreten der neben den Steinen aus dem Hügel wächst, und konnte von hier aus alles sehen, ohne selbst bemerkt zu werden. Das Unding drunten war noch immer in Bewegung; es bückte sich und riß ein Bündel versengten Grases aus dem Boden, daß ich

glaubte, es müsse mit seinem Kürbiskopf vorüber
schießen; aber es stand schon wieder auf seinen
Spindelbeinen, und indem es das dürre Kraut zwischen
seinen großen Fäusten zu Pulver rieb, begann es so
entsetzlich zu lachen, daß auf der andern Seite des
Hügels die halbtoten Schafe aufsprangen und in wil-
der Flucht an dem Rain hinunterjagten. Das Männlein
aber lachte noch gellender, und dabei begann es von
einem Bein aufs andere zu springen, daß ich fürchtete,
die dünnen Stäbchen müßten unter seinem klumpigen
Leibe zusammenbrechen. Es war grausenvoll anzusehen, denn es funkte ihm dabei ordentlich aus seinen
kleinen schwarzen Augen.«
Die Witwe hatte leise des Mädchens Hand gefaßt.
»Weißt du nun, wer der Feuermann ist?« sagte sie.
Maren nickte.
»Das Allergrausenhafteste aber«, fuhr Andrees fort,
»war seine Stimme. ›Wenn sie es wüßten, wenn sie es
wüßten!‹ schrie er, ›die Flegel, die Bauerntölpel!‹ Und
dann sang er mit seiner schnarrenden, quäkenden
Stimme ein seltsames Sprüchlein; immer von vorn
nach hinten, als könne er sich gar daran nicht ersättigen. Wartet nur, ich bekomm's wohl noch
beisammen!«
Und nach einigen Augenblicken fuhr er fort:

»Dunst ist die Welle,
Staub ist die Quelle!«

Die Mutter ließ plötzlich ihr Spinnrad stehen, das sie
während der Erzählung eifrig gedreht hatte, und sah
ihren Sohn mit gespannten Augen an. Der aber

schwieg wieder und schien sich zu besinnen.

»Weiter!« sagte sie leise.

»Ich weiß nicht weiter, Mutter; es ist fort, und ich hab's mir unterwegs doch wohl hundertmal vorgesagt.«

Als aber Frau Stine mit unsicherer Stimme selbst fortfuhr:

>>Stumm sind die Wälder,
Feuermann tanzet über die Felder!«,

da setzte er rasch hinzu:

>>Nimm dich in acht!
Eh du erwacht,
Holt dich die Mutter
Heim in die Nacht!«

»Das ist das Sprüchlein der Regentrude!« rief Frau Stine; »und nun rasch noch einmal! Und du, Maren, merk wohl auf, damit es nicht wiederum verlorengeht!«

Und nun sprachen Mutter und Sohn noch einmal zusammen und ohne Anstoß:

>>Dunst ist die Welle,
Staub ist die Quelle!
Stumm sind die Wälder,
Feuermann tanzet über die Felder!

Nimm dich in acht!
Eh du erwacht,
Holt dich die Mutter
Heim in die Nacht!«

»Nun hat alle Not ein Ende!« rief Maren; »nun wecken wir die Regentrude; morgen sind alle Felder wieder grün, und übermorgen gibt's Hochzeit!« Und mit fliegenden Worten und glänzenden Augen erzählte sie ihrem Andrees, welches Versprechen sie dem Vater abgewonnen habe.

»Kind«, sagt die Witwe wieder, »weißt du denn auch den Weg zur Regentrude?«

»Nein, Mutter Stine; wißt Ihr denn auch den Weg nicht mehr?«

»Aber, Maren, es war ja die Urahne, die bei der Regentrude war; von dem Wege hat sie mir niemals was erzählt.«

»Nun, Andrees«, sagte Maren und faßte den Arm des jungen Bauern, der währenddes mit gerunzelter Stirn vor sich hin gestarrt hatte, »so sprich du! Du weißt ja sonst doch immer Rat!«

»Vielleicht weiß ich auch jetzt wieder einen!« entgegnete er bedächtig. »Ich muß heute mittag den Schafen noch Wasser hinauftragen. Vielleicht daß ich den Feuermann noch einmal hinter dem Dornbusch belauschen kann! Hat er das Sprüchlein verraten, wird er auch noch den Weg verraten; denn sein dicker Kopf scheint überzulaufen von diesen Dingen.«

Und bei diesem Entschluß blieb es. Soviel sie auch hin und wider redeten, sie wußten keinen bessern aufzufinden.

Bald darauf befand sich Andrees mit seiner Wassertracht droben auf dem Weideplatze. Als er in die Nähe des Riesenhügels kam, sah er den Kobold schon von weitem auf einem der Steine am Zwergenloch sitzen. Er strählte sich mit seinen fünf ausgespreizten Fingern den roten Bart; und jedesmal wenn er die Hand herauszog, löste sich ein Häufchen feuriger Flocken ab und schwebte in dem grellen Sonnenschein über die Felder dahin.

›Da bist du zu spät gekommen‹, dachte Andrees, ›heute wirst du nichts erfahren‹, und wollte seitwärts, als habe er gar nichts gesehen, nach der Stelle abbiegen, wo noch immer der umgestürzte Zuber lag. Aber er wurde angerufen. »Ich dachte, du hättst mit mir zu reden!« hörte er die Quäkstimme des Kobolds hinter sich.

Andrees kehrte sich um und trat ein paar Schritte zurück. »Was hätte ich mit Euch zu reden«, erwiderte er; »ich kenne Euch ja nicht.«

»Aber du möchtest den Weg zur Regentrude wissen?«

»Wer hat Euch denn das gesagt?«

»Mein kleiner Finger, und der ist klüger als mancher große Kerl.«

Andrees nahm all seinen Mut zusammen und trat noch ein paar Schritte näher zu dem Unding an den Hügel hinauf. »Euer kleiner Finger mag schon klug sein«, sagte er, »aber den Weg zur Regenfrau wird er doch nicht wissen, denn den wissen auch die allerklügsten Menschen nicht.«

Der Kobold blähte sich wie eine Kröte und fuhr ein paarmal mit seiner Klaue durch den Feuerbart, daß Andrees vor der herausströmenden Glut einen Schritt zurücktaumelte. Plötzlich aber den jungen Bauer mit dem Ausdruck eines überlegenen Hohns aus seinen

bösen kleinen Augen anstarrend, schnarrte er ihn an:
»Du bist zu einfältig, Andrees; wenn ich dir auch
sagte, daß die Regentrude hinter dem großen Walde
wohnt, so würdest du doch nicht wissen, daß hinter
dem Walde eine hohle Weide steht!«

›Hier gilt's den Dummen spielen!‹ dachte Andrees;
denn obschon er sonst ein ehrlicher Bursche war, so
hatte er doch auch seine gute Portion Bauernschlauheit
mit auf die Welt bekommen. »Da habt Ihr recht«,
sagte er und riß den Mund auf, »das würde ich freilich
nicht wissen!«

»Und«, fuhr der Kobold fort, »wenn ich dir auch sagte,
daß hinter dem Walde die hohle Weide steht, so
würdest du doch nicht wissen, daß in dem Baum eine
Treppe zum Garten der Regenfrau hinabführt.«

»Wie man sich doch verrechnen kann!« rief Andrees.
»Ich dachte, man könnte nur so gradeswegs hineinspazieren.«

»Und wenn du auch gradeswegs hineinspazieren
könntest«, sagte der Kobold, »so würdest du immer
noch nicht wissen, daß die Regentrude nur von einer
reinen Jungfrau geweckt werden kann.«

»Nun freilich«, meinte Andrees, »da hilft's mir nichts
da will ich mich nur gleich wieder auf den Heimweg
machen.«

Ein arglistiges Lächeln verzog den breiten Mund des
Kobolds. »Willst du nicht erst dein Wasser in den
Zuber gießen?« fragte er; »das schöne Viehzeug ist ja
schier verschmachtet.«

»Da habt Ihr zum vierten Male recht!« erwiderte der
Bursche und ging mit seinen Eimern um den Hügel

herum. Als er aber das Wasser in den heißen Zuber goß, schlug es zischend empor und verprasselte in weißen Dampfwolken in die Luft. ›Auch gut!‹ dachte er, ›meine Schafe treibe ich mit mir heim, und morgen mit dem frühesten geleite ich Maren zu der Regentrude. Die soll sie schon erwecken!‹

Auf der andern Seite des Hügels aber war der Kobold von seinen Steinen aufgesprungen. Er warf seine rote Mütze in die Luft und kollerte sich mit wieherndem Gelächter den Berg hinab. Dann sprang er wieder auf seine dürren Spindelbeine, tanzte wie toll umher und schrie dabei mit seiner Quäkstimme einmal übers andere: »Der Kindskopf, der Bauernlümmel dachte mich zu übertölpeln und weiß noch nicht, daß die Trude sich nur durch das rechte Sprüchlein wecken läßt. Und das Sprüchlein weiß keiner als Eckeneckepenn, und Eckeneckepenn, das bin ich!« —

Der böse Kobold wußte nicht, daß er am Vormittag das Sprüchlein selbst verraten hatte.

Auf die Sonnenblumen, die vor Marens Kammer im Garten standen, fiel eben der erste Morgenstrahl, als sie schon das Fenster aufstieß und ihren Kopf in die frische Luft hinausstreckte. Der Wiesenbauer, welcher nebenan im Alkoven des Wohnzimmers schlief, mußte davon erwacht sein; denn sein Schnarchen, das noch eben durch alle Wände drang, hatte plötzlich aufgehört. »Was treibst du, Maren?« rief er mit schläfriger Stimme. »Fehlt's dir denn wo?«

Das Mädchen fuhr sich mit dem Finger an die Lippen; denn sie wußte wohl, daß der Vater, wenn er ihr

Vorhaben erführe, sie nicht aus dem Hause lassen würde. Aber sie faßte sich schnell. »Ich habe nicht schlafen können, Vater«, rief sie zurück, »ich will mit den Leuten auf die Wiesen; es ist so hübsch frisch heute morgen.«

»Hast das nicht nötig, Maren«, erwiderte der Bauer, »meine Tochter ist kein Dienstbot'.« Und nach einer Weile fügte er hinzu: »Na, wenn's dir Pläsier macht! Aber sei zur rechten Zeit wieder heim, eh die große Hitze kommt. Und vergiß mein Warmbier nicht!« Damit warf er sich auf die andere Seite, daß die Bettstelle krachte, und gleich darauf hörte auch das Mädchen wieder das wohlbekannte abgemessene Schnarchen.

Behutsam drückte sie ihre Kammertür auf. Als sie durch die Torfahrt ins Freie ging, hörte sie eben den Knecht die beiden Mägde wecken. ›Es ist doch schnöd‹, dachte sie, ›daß du so hast lügen müssen, aber‹ — und sie seufzte dabei ein wenig — ›was tut man nicht um seinen Schatz.‹

Drüben in seinem Sonntagsstaat stand schon Andrees ihrer wartend. »Weißt du dein Sprüchlein noch?« rief er ihr entgegen.

»Ja, Andrees! Und weißt du noch den Weg?«

Er nickte nur.

»So laß uns gehen!« — Aber eben kam noch Mutter Stine aus dem Hause und steckte ihrem Sohne ein mit Met gefülltes Fläschchen in die Tasche. »Der ist noch von der Urahne«, sagte sie, »sie tat allezeit sehr geheim und kostbar damit, der wird euch guttun in der Hitze!«

Dann gingen sie im Morgenschein die stille Dorfstraße hinab, und die Witwe stand noch lange und schaute nach der Richtung, wo die jungen kräftigen Gestalten verschwunden waren.

Der Weg der beiden führte hinter der Dorfmark über eine weite Heide. Danach kamen sie in den großen Wald. Aber die Blätter des Waldes lagen meist verdorrt am Boden, so daß die Sonne überall hindurchblitzte; sie wurden fast geblendet von den wechselnden Lichtern. — Als sie eine geraume Zeit zwischen den hohen Stämmen der Eichen und Buchen fortgeschritten waren, faßte das Mädchen die Hand des jungen Mannes.

»Was hast du, Maren?« fragte er.

»Ich hörte unsere Dorfuhr schlagen, Andrees.«

»Ja, mir war es auch so.«

»Es muß sechs Uhr sein!« sagte sie wieder. »Wer kocht denn dem Vater nur sein Warmbier? Die Mägde sind alle auf dem Felde.«

»Ich weiß nicht, Maren; aber das hilft nun doch weiter nicht!«

»Nein«, sagte sie, »das hilft nun weiter nicht. Aber weißt du denn auch noch unser Sprüchlein?«

»Freilich, Maren!

> Staub ist die Quelle!
> Dunst ist die Welle,«

Und als er einen Augenblick zögerte, sagte sie rasch:

> »Stumm sind die Wälder,
> Feuermann tanzet über die Felder!«

»Oh«, rief sie, »wie brannte die Sonne!«

»Ja«, sagte Andrees und rieb sich die Wange, »es hat auch mir ordentlich einen Stich gegeben.«

Endlich kamen sie aus dem Walde, und dort, ein paar Schritte vor ihnen, stand auch schon der alte Weidenbaum. Der mächtige Stamm war ganz gehöhlt, und das Dunkel, das darin herrschte, schien tief in den Abgrund der Erde zu führen. Andrees stieg zuerst allein hinab, während Maren sich auf die Höhlung des Baumes lehnte und ihm nachzublicken suchte. Aber bald sah sie nichts mehr von ihm, nur das Geräusch des Hinabsteigens schlug noch an ihr Ohr. Ihr begann angst zu werden, oben um sie her war es so einsam, und von unten hörte sie endlich auch keinen Laut mehr. Sie steckte den Kopf tief in die Höhlung und rief: »Andrees, Andrees!« Aber es blieb alles still, und noch einmal rief sie: »Andrees!« — Da nach einiger Zeit war es ihr, als höre sie es von unten wieder heraufkommen, und allmählich erkannte sie auch die Stimme des jungen Mannes, der ihren Namen rief, und faße seine Hand, die er ihr entgegenstreckte. »Es führt eine Treppe hinab«, sagte er, »aber sie ist steil und ausgebröckelt, und wer weiß, wie tief nach unten zu der Abgrund ist!«

Maren erschrak. »Fürchte dich nicht«, sagte er, »ich trage dich; ich habe einen sichern Fuß.« Dann hob er das schlanke Mädchen auf seine breite Schulter; und als sie die Arme fest um seinen Hals gelegt hatte, stieg er behutsam mit ihr in die Tiefe. Dichte Finsternis umgab sie; aber Maren atmete doch auf, während sie so Stufe um Stufe wie in einem gewundenen Schneckengange hinabgetragen wurde; denn es war kühl hier im Innern der Erde. Kein Laut von oben drang zu ihnen herab; nur einmal hörten sie dumpf aus der Ferne die unterirdischen Wasser brausen, die vergeblich zum Lichte emporarbeiteten.

»Was war das?« flüsterte das Mädchen.

»Ich weiß nicht, Maren.«

»Aber hat's denn noch kein Ende?«

»Es scheint fast nicht.«

»Wenn dich der Kobold nur nicht betrogen hat!«

»Ich denke nicht, Maren.«

So stiegen sie tiefer und tiefer. Endlich spürten sie wieder den Schimmer des Sonnenlichts unter sich, das mit jedem Tritte leuchtender wurde; zugleich aber drang auch eine erstickende Hitze zu ihnen herauf.

Als sie von der untersten Stufe ins Freie traten, sahen sie eine gänzlich unbekannte Gegend vor sich. Maren sah befremdet umher. »Die Sonne scheint aber doch dieselbe zu sein!« sagte sie endlich.

»Kälter ist sie wenigstens nicht«. meinte Andrees, indem er das Mädchen zur Erde hob.

Von dem Platze, wo sie sich befanden, auf einem breiten Steindamm, lief eine Allee von alten Weiden in die Ferne hinaus. Sie bedachten sich nicht lange, sondern gingen, als sei ihnen der Weg gewiesen, zwischen den Reihen der Bäume entlang. Wenn sie nach der einen oder andern Seite blickten, so sahen sie in ein ödes, unabsehbares Tiefland, das so von aller Art Rinnen und Vertiefungen zerrissen war, als bestehe es nur aus einem endlosen Gewirre verlassener See- und Strombetten. Dies schien auch dadurch bestätigt zu werden, daß ein beklemmender Dunst, wie von vertrocknetem Schilf, die Luft erfüllte. Dabei lagerte zwischen den Schatten der einzeln stehenden Bäume eine solche Glut, daß es den beiden Wanderern war, als sähen sie kleine weiße Flammen über den staubigen Weg dahinfliegen. Andrees mußte an die Flocken aus dem Feuerbarte des Kobolds denken. Einmal war es ihm sogar, als sähe er zwei dunkle Augenringe in dem grellen Sonnenschein; dann wieder glaubte er deutlich neben sich das tolle Springen der kleinen Spindelbeine zu hören. Bald war es links, bald rechts an seiner Seite. Wenn er sich aber wandte, vermochte er nichts zu sehen; nur die glutheiße Luft zitterte flirrend und blendend vor seinen Augen. ›Ja,‹, dachte er, indem er des Mädchens Hand erfaßte und beide mühsam vorwärts schritten, ›sauer machst du's uns; aber recht behältst du heute nicht!‹

Weiter und weiter gingen sie, der eine nur auf das immer schwerere Atmen des andern hörend. Der einförmige Weg schien kein Ende zu nehmen; neben ihnen unaufhörlich die grauen, halb entblätterten Weiden, seitwärts hüben und drüben unter ihnen die unheimlich dunstende Niederung.

Plötzlich blieb Maren stehen und lehnte sich mit geschlossenen Augen an den Stamm einer Weide. »Ich kann nicht weiter«, murmelte sie; »die Luft ist lauter Feuer.«

Da gedachte Andrees des Metfläschchens, das sie bis dahin unberührt gelassen hatten. — Als er den Stöpsel abgezogen, verbreitete sich ein Duft, als seien die Tausende von Blumen noch einmal zur Blüte auf-

65

erstanden, aus deren Kelchen vor vielleicht mehr als hundert Jahren die Bienen den Honig zu diesem Tranke zusammengetragen hatten. Kaum hatten die Lippen des Mädchens den Rand der Flasche berührt, so schlug sie schon die Augen auf. »Oh!«, rief sie, »auf welcher schönen Wiese sind wir denn?«

»Auf keiner Wiese, Maren; aber trink nur, es wird dich stärken!«

Als sie getrunken hatte, richtete sie sich auf und schaute mit hellen Augen um sich her. »Trink auch einmal, Andrees«, sagte sie; »ein Frauenzimmer ist doch nur ein elendiglich Geschöpf!«

»Aber das ist ein echter Tropfen!« rief Andrees, nachdem er auch gekostet hatte. »Mag der Himmel wissen, woraus die Urahne den gebraut hat!«

Dann gingen sie gestärkt und lustig plaudernd weiter. Nach einer Weile aber blieb das Mädchen wieder stehen. »Was hast du, Maren?« fragte Andrees.

»Oh, nichts; ich dachte nur—« »Was denn, Maren?«

»Siehst du, Andrees! Mein Vater hat noch sein halbes Heu draußen auf den Wiesen; und ich gehe da aus und will Regen machen!«

»Dein Vater ist ein reicher Mann, Maren; aber wir andern haben unser Fetzchen Heu schon längst in der Scheuer und unsere Frucht noch alle auf den dürren Halmen.«

»Ja, ja, Andrees, du hast wohl recht; man muß auch an die andern denken!« Im stillen bei sich selber aber setzte sie nach einer Weile hinzu: ›Maren, Maren, mach dir keine Flausen vor; du tust ja doch alles nur von wegen deinem Schatz!‹

So waren sie wieder eine Zeitlang fortgegangen, als das Mädchen plötzlich rief: »Was ist denn das? Wo sind wir denn? Das ist ja ein großer, ungeheuerer Garten!«

Und wirklich waren sie, ohne zu wissen wie, aus der einförmigen Weidenallee in einen großen Park gelangt. Aus der weiten, jetzt freilich versengten Rasenfläche erhoben sich überall Gruppen hoher prachtvoller Bäume. Zwar war ihr Laub zum Teil gefallen oder hing dürr oder schlaff an den Zweigen, aber der kühne Bau ihrer Äste strebte noch in den Himmel, und die mächtigen Wurzeln griffen noch weit über die Erde hinaus. Eine Fülle von Blumen, wie die beiden sie nie zuvor gesehen, bedeckte hier und da den Boden; aber alle diese Blumen waren welk und düftelos und schienen mitten in der höchsten Blüte von der tödlichen Glut getroffen zu sein.

»Wir sind am rechten Orte, denk ich!« sagte Andrees. Maren nickte. »Du mußt nun hier zurückbleiben, bis ich wiederkomme.«

»Freilich«, erwiderte er, indem er sich in dem Schatten einer großen Eiche ausstreckte. »Das übrige ist nun deine Sach'! Halt nur das Sprüchlein fest und verred dich nicht dabei!« — —

So ging sie denn allein über den weiten Rasen und unter den himmelhohen Bäumen dahin, und bald sah der Zurückbleibende nichts mehr von ihr. Sie aber schritt weiter und weiter durch die Einsamkeit. Bald hörten die Baumgruppen auf, und der Boden senkte sich. Sie erkannte wohl, daß sie in dem ausgetrockneten Bette eines Gewässers ging; weißer Sand und Kiesel bedeckten den Boden, dazwischen lagen tote Fische und blinkten mit ihren Silberschuppen in der Sonne. In der Mitte des Beckens sah sie einen grauen fremdartigen Vogel stehen; er schien ihr einem Reiher ähnlich zu sein, doch war er von solcher Größe, daß sein Kopf, wenn er ihn aufrichtete, über den eines Menschen hinwegragen mußte; jetzt hatte er den langen Hals zwischen den Flügeln zurückgelegt und schien zu schlafen. Maren fürchtete sich. Außer dem regungslosen unheimlichen Vogel war kein lebendes Wesen sichtbar, nicht einmal das Schwirren einer Fliege unterbrach hier die Stille; wie ein Entsetzen lag das Schweigen über diesem Orte. Einen Augenblick trieb sie die Angst, nach ihrem Geliebten zu rufen, aber sie wagte es wiederum nicht; denn den Laut ihrer eigenen Stimme in dieser Öde zu hören dünkte sie noch schauerlicher als alles andere.

So richtete sie denn ihre Augen fest in die Ferne, wo sich wieder dichte Baumgruppen über den Boden zu erheben schienen, und schritt weiter, ohne rechts oder links zu sehen. Der große Vogel rührte sich nicht, als sie mit leisem Tritt an ihm vorüberging, nur für einen Augenblick blitzte es schwarz unter der weißen Augenhaut hervor. — Sie atmete auf. — Nachdem sie noch eine weite Strecke hingeschritten, verengte sich das Seebette zu der Rinne eines mäßigen Baches, der unter einer breiten Lindengruppe durchführte. Das Geäste dieser mächtigen Bäume war so dicht, daß ungeachtet des mangelhaften Laubes kein Sonnenstrahl hindurchdrang. Maren ging in dieser Rinne weiter; die plötzliche Kühle um sie her, das hohe dunkle Gewölbe der Wipfel über ihr; es schien ihr fast, als gehe sie durch eine Kirche. Plötzlich aber wurden ihre Augen von einem blendenden Licht getroffen; die Bäume hörten auf, und vor ihr erhob sich ein graues Gestein, auf das die grellste Sonne niederbrannte.

Maren selbst stand in einem leeren sandigen Becken, in welches sonst ein Wasserfall über die Felsen hinabgestürzt sein mochte, der dann unterhalb durch die Rinne seinen Abfluß in den jetzt verdunsteten See gehabt hatte. Sie suchte mit den Augen, wo wohl der Weg zwischen den Klippen hinaufführte. Plötzlich aber schrak sie zusammen. Denn das dort auf der halben Höhe des Absturzes konnte nicht zum Gestein gehören; wenn es auch ebenso grau war und starr wie dieses in der regungslosen Luft lag, so erkannte sie doch bald, daß es ein Gewand sei, welches in Falten eine ruhende Gestalt bedeckte. — Mit verhaltenem Atem stieg sie näher. Da sah sie es deutlich; es war eine schöne mächtige Frauengestalt. Der Kopf lag tief aufs Gestein zurückgesunken; die blonden Haare, die bis zur Hüfte hinabflossen, waren voll Staub und dürren Laubes. Maren betrachtete sie aufmerksam. ›Sie muß sehr schön gewesen sein‹, dachte sie, ›ehe diese Wangen so schlaff und diese Augen so eingesunken waren. Ach, und wie bleich ihre Lippen sind! Ob es denn wohl die Regentrude sein mag? — Aber die da schläft nicht; das ist eine Tote! Oh, es ist entsetzlich einsam hier!‹

Das kräftige Mädchen hatte sich indessen bald gefaßt. Sie trat ganz dicht herzu, und niederkniend und zu ihr hingebeugt, legte sie ihre frischen Lippen an das marmorblasse Ohr der Ruhenden. Dann, all ihren Mut zusammennehmend, sprach sie laut und deutlich:

»Dunst ist die Welle,
Staub ist die Quelle!
Stumm sind die Wälder,
Feuermann tanzet über die Felder!«

Da rang sich ein tiefer klagender Laut aus dem bleichen Munde hervor; doch das Mädchen sprach immer stärker und eindringlicher:

»Nimm dich in acht!
Eh du erwacht,
Holt dich die Mutter
Heim in die Nacht!«

Da rauschte es sanft durch die Wipfel der Bäume, und in der Ferne donnerte es leise wie von einem Gewitter. Zugleich aber und, wie es schien, von jenseits des Gesteins kommend, durchschnitt ein greller Ton die Luft, wie der Wutschrei eines bösen Tieres. Als Maren emporsah, stand die Gestalt der Trude hoch aufgerichtet vor ihr. »Was willst du?« fragte sie.

»Ach, Frau Trude«, antwortete das Mädchen noch immer kniend. »Ihr habt so grausam lang geschlafen, daß alles Laub und alle Kreatur verschmachten will!«
Die Trude sah sie mit weit aufgerissenen Augen an, als mühe sie sich, aus schweren Träumen zu kommen. Endlich fragte sie mit tonloser Stimme: »Stürzt denn der Quell nicht mehr?«
»Nein, Frau Trude«, erwiderte Maren.

»Kreist denn mein Vogel nicht mehr über dem See?«
»Er steht in der heißen Sonne und schläft.«
»Weh!« wimmerte die Regenfrau. »So ist es hohe Zeit.
Steh auf und folge mir, aber vergiß nicht den Krug,
der dort zu deinen Füßen liegt!«
Maren tat, wie ihr geheißen, und beide stiegen nun an
der Seite des Gesteins hinauf. — Noch mächtigere
Baumgruppen, noch wunderbarere Blumen waren hier
der Erde entsprossen, aber auch hier war alles welk
und düftelos. — Sie gingen an der Rinne des Baches
entlang, der hinter ihnen seinen Abfall vom Gestein
gehabt hatte. Langsam und schwankend schritt die
Trude dem Mädchen voran, nur dann und wann die
Augen traurig umherwendend. Dennoch meinte Maren, es bleibe ein grüner Schimmer auf dem Rasen, den
ihr Fuß betreten, und wenn die grauen Gewänder
über das dürre Gras schleppten, da rauschte es so eigen, daß sie immer darauf hinhören mußte. »Regnet
es denn schon, Frau Trude?« fragte sie.
»Ach nein, Kind, erst mußt du den Brunnen auf-
schließen!«
»Den Brunnen? Wo ist denn der?«
Sie waren eben aus einer Gruppe von Bäumen
herausgetreten. »Dort!« sagte die Trude, und einige
tausend Schritte vor ihnen sah Maren einen ungeheueren Bau emporsteigen. Er schien von grauem
Gestein zackig und unregelmäßig aufgetürmt; bis in
den Himmel, meinte Maren, denn nach oben hinauf
war alles wie in Duft und Sonnenglanz zerflossen. Am
Boden aber wurde die in riesenhaften Erkern vor-
springende Front überall von hohen spitzbogigen Tor-

71

und Fensterhöhlen durchbrochen, ohne daß jedoch von Fenstern oder Torflügeln selbst etwas zu sehen gewesen wäre.

Eine Weile schritten sie gerade darauf zu, bis sie durch den Uferabsturz eines Stromes aufgehalten wurden, der den Bau rings zu umgeben schien. Auch hier war jedoch das Wasser bis auf einen schmalen Faden, der noch in der Mitte floß, verdunstet; ein Nachen lag zerborsten auf der trockenen Schlammdecke des Strombettes.

»Schreite hindurch!« sagte die Trude. »Über dich hat er keine Gewalt. Aber vergiß nicht, von dem Wasser zu schöpfen; du wirst es bald gebrauchen!«

Als Maren, dem Befehl gehorchend, von dem Ufer herabtrat, hätte sie fast den Fuß zurückgezogen, denn der Boden war hier so heiß, daß sie die Glut durch ihre Schuhe fühlte. ›Ei was, mögen die Schuhe verbrennen!‹ dachte sie und schritt rüstig mit ihrem Kruge weiter. Plötzlich aber blieb sie stehen; der Ausdruck des tiefsten Entsetzens trat in ihre Augen. Denn neben ihr zerriß die trockene Schlammdecke, und eine große braunrote Faust mit krummen Fingern fuhr daraus hervor und griff nach ihr.

»Mut!« hörte sie die Stimme der Trude hinter sich vom Ufer her.

Da erst stieß sie einen lauten Schrei aus, und der Spuk verschwand.

»Schließe die Augen!« hörte sie wiederum die Trude rufen. — Da ging sie mit geschlossenen Augen weiter; als sie aber das Wasser ihren Fuß berühren fühlte, bückte sie sich und füllte ihren Krug. Dann stieg sie leicht und ungefährdet am andern Ufer wieder hinauf.

Bald hatte sie das Schloß erreicht und trat mit klopfendem Herzen durch eines der großen offenen Tore. Drinnen aber blieb sie staunend an dem Eingange stehen. Das ganze Innere schien nur ein einziger unermeßlicher Raum zu sein. Mächtige Säulen von Tropfstein trugen in beinahe unabsehbarer Höhe eine seltsame Decke; fast meinte Maren, es seien nichts als graue riesenhafte Spinngewebe, die überall in Bauschen und Spitzen zwischen den Knäufen der Säulen herabhingen. Noch immer stand sie wie verloren an derselben Stelle und blickte bald vor sich hin, bald nach einer und der andern Seite, aber diese ungeheueren Räume schienen außer nach der Front zu, durch welche Maren eingetreten war, ganz ohne Grenzen zu sein; Säule hinter Säule erhob sich, und wie sehr sie sich auch anstrengte, sie konnte nirgends ein Ende absehen. Da blieb ihr Auge an einer Vertiefung des Bodens haften. Und siehe! Dort, unweit von ihr, war der Bunnen; auch den goldenen Schlüssel sah sie auf der Falltür liegen.

Während sie darauf zuging, bemerkte sie, daß der Fußboden nicht etwa, wie sie es in ihrer Dorfkirche gesehen, mit Steinplatten, sondern überall mit vertrockneten Schilf- und Wiesenpflanzen bedeckt war. Aber es nahm sie jetzt schon nichts mehr wunder.

Nun stand sie am Brunnen und wollte eben den Schlüssel ergreifen; da zog sie rasch die Hand zurück. Denn deutlich hatte sie es erkannt: der Schlüssel, der ihr in dem grellen Licht eines von außen hereinfallenden Sonnenstrahls entgegenleuchtete, war von Glut und nicht von Golde rot. Ohne Zaudern goß sie ihren Krug darüber aus, daß das Zischen des verdampfenden Wassers in den weiten Räumen widerhallte. Dann schloß sie rasch den Brunnen auf. Ein frischer Duft stieg aus der Tiefe, als sie die Falltür zurückgeschlagen hatte, und erfüllte bald alles mit einem feinen feuchten Staube, der wie ein zartes Gewölk zwischen den Säulen emporstieg.

Sinnend und in der frischen Kühle aufatmend, ging Maren umher. Da begann zu ihren Füßen ein neues Wunder. Wie ein Hauch rieselte ein lichtes Grün über die verdorrte Pflanzendecke, die Halme richteten sich auf, und bald wandelte das Mädchen durch eine Fülle sprießender Blätter und Blumen. Am Fuße der Säulen wurde es blau von Vergißmeinnicht; dazwischen blühten gelbe und braunviolette Iris auf und verhauchten ihren zarten Duft. An den Spitzen der Blätter klommen Libellen empor, prüften ihre Flügel und schwebten dann schillernd und gaukelnd über den Blumenkelchen, während der frische Duft, der fortwährend aus dem Brunnen stieg, immer mehr die Luft erfüllte und wie Silberfunken in den hereinfallenden Sonnenstrahlen tanzte.

Indessen Maren noch des Entzückens und Bestaunens kein Ende finden konnte, hörte sie hinter sich ein behagliches Stöhnen wie von einer süßen Frauenstimme. Und wirklich, als sie ihre Augen nach der Vertiefung des Brunnens wandte, sah sie auf dem grünen Moosrande, der dort emporgekeimt war, die ruhende Gestalt einer wunderbar schönen blühenden

Frau. Sie hatte ihren Kopf auf den nackten glänzenden Arm gestützt, über den das blonde Haar wie in seidenen Wellen herabfiel, und ließ ihre Augen oben zwischen den Säulen an der Decke wandern.

Auch Maren blickte unwillkürlich hinauf. Da sah sie nun wohl, daß das, was sie für große Spinngewebe gehalten, nichts anderes sei als die zarten Florgewebe der Regenwolken, die durch den aus dem Brunnen aufsteigenden Duft gefüllt und schwer und schwerer wurden. Eben hatte sich ein solches Gewölk in der Mitte der Decke abgelöst und sank leise schwebend herab, so daß Maren das Gesicht der schönen Frau am Brunnen nur noch wie durch einen grauen Schleier leuchten sah. Da klatschte diese in die Hände, und sogleich schwamm die Wolke der nächsten Fensteröffnung zu und floß durch dieselbe ins Freie hinaus.

»Nun!« rief die schöne Frau, »Wie gefällt dir das?« Und dabei lächelte ihr roter Mund, und ihre weißen Zähne blitzten.

Dann winkte sie Maren zu sich, und diese mußte sich neben ihr ins Moos setzen; und als eben wieder ein Duftgewebe von der Decke niedersank, sagte sie: »Nun klatsch in deine Hände!« Und als Maren das getan und auch diese Wolke, wie die erste, ins Freie hinausgezogen war, rief sie: »Siehst du wohl, wie leicht das ist! Du kannst es besser noch als ich!«

Maren betrachtete verwundert die schöne übermütige Frau.

»Aber«, fragte sie, »wer seid Ihr denn so eigentlich?«

»Wer ich bin? Nun, Kind, bist du aber einfältig!«

Das Mädchen sah sie noch einmal mit ungewissen

Augen an; endlich sagte sie zögernd: »Ihr seid doch nicht gar die Regentrude?«

»Und wer sollte ich denn anders sein?«

»Aber verzeiht! Ihr seid ja so schön und lustig jetzt!« Da wurde die Trude plötzlich ganz still. »Ja«, rief sie, »ich muß dir dankbar sein. Wenn du mich nicht geweckt hättest, wäre der Feuermann Meister geworden, und ich hätte wieder hinabmüssen zu der Mutter unter die Erde.« Und indem sie ein wenig wie vor innerem Grauen die weißen Schultern zusammenzog, setzte sie hinzu: »Und es ist ja doch so schön und grün hier oben!«

Dann mußte Maren erzählen, wie sie hiehergekommen, und die Trude legte sich ins Moos zurück und hörte zu. Mitunter pflückte sie eine der Blumen, die neben ihr emporsproßten, und steckte sie sich oder dem Mädchen ins Haar. Als Maren von dem mühseligen Gange auf dem Weidendamme berichtete, seufzte die Trude und sagte: »Der Damm ist einst von euch Menschen selbst gebaut worden; aber es ist schon lange, lange her! Solche Gewänder, wie du sie trägst, sah ich nie bei ihren Frauen. Sie kamen damals öfters zu mir, ich gab ihnen Keime und Körner zu neuen Pflanzen und Getreiden, und sie brachten mir zum Dank von ihren Früchten. Wie sie meiner nicht vergaßen, so vergaß ich ihrer nicht, und ihre Felder waren niemals ohne Regen. Seit lange aber sind die Menschen mir entfremdet, es kommt niemand mehr zu mir. Da bin ich denn vor Hitze und lauter Langerweile eingeschlafen, und der tückische Feuermann hätte fast den Sieg erhalten.«

Maren hatte sich währenddessen ebenfalls mit geschlossenen Augen auf das Moos zurückgelegt, es taute so sanft um sie her, und die Stimme der schönen Trude klang so süß und traulich.

»Nur einmal«, fuhr diese fort, »aber das ist auch schon lange her, ist noch ein Mädchen gekommen, sie sah fast aus wie du und trug fast ebensolche Gewänder. Ich schenkte ihr von meinem Wiesenhonig, und das war die letzte Gabe, die ein Mensch aus meiner Hand empfangen hat.«

»Seht nur«, sagte Maren, »das hat sich gut getroffen! Jenes Mädchen muß die Urahne von meinem Schatz gewesen sein, und der Trank, der mich heute so gestärkt hat, war gewiß von Eurem Wiesenhonig!«

Die Regenfrau dachte wohl noch an ihre junge Freundin von damals; denn sie fragte: »Hat sie denn noch so schöne braune Löckchen auf der Stirn?«

»Wer denn, Frau Trude?«

»Nun, die Urahne, wie du sie nennst!«

»O nein, Frau Trude«, erwiderte Maren, und sie fühlte sich in diesem Augenblick ihrer mächtigen Freundin fast ein wenig überlegen — »die Urahne ist ja ganz steinalt geworden!«

»Alt?« fragte die schöne Frau. Sie verstand das nicht, denn sie kannte nicht das Alter.

Maren hatte große Mühe, ihr es zu erklären. »Merket nur«, sagte sie endlich, »graues Haar und rote Augen und häßlich und verdrießlich sein! Seht, Frau Trude, das nennen wir alt!«

»Freilich«, erwiderte diese. »ich entsinne mich nun; es waren auch solche unter den Frauen der Menschen;

aber die Urahne soll zu mir kommen, ich mache sie wieder froh und schön.«

Maren schüttelte den Kopf. »Das geht ja nicht, Frau Trude«, sagte sie, »die Urahne ist ja längst unter der Erde.« Die Trude seufzte. »Arme Urahne.«

Hierauf schwiegen beide, während sie noch immer behaglich ausgestreckt im weichen Moose lagen. »Aber Kind!« rief plötzlich die Trude, »da haben wir über all dem Geplauder ja ganz das Regenmachen vergessen. Schlag doch nur die Augen auf! Wir sind ja unter lauter Wolken ganz begraben; ich sehe dich schon gar nicht mehr!«

»Ei, da wird man ja naß wie eine Katze!« rief Maren, als sie die Augen aufgeschlagen hatte.

Die Trude lachte. »Klatsch nur ein wenig in die Hände, aber nimm dich in acht, daß du die Wolken nicht zerreißt!«

So begannen beide leise in die Hände zu klopfen; und alsbald entstand ein Gewoge und Geschiebe, die Nebelgebilde drängten sich nach den Öffnungen und schwammen, eins nach dem andern, ins Freie hinaus. Nach kurzer Zeit sah Maren schon wieder den Brun- vor sich und den grünen Boden mit den gelben und violetten Irisblüten. Dann wurden auch die Fenster- höhlen frei, und sie sah weithin über den Bäumen des Gartens die Wolken den ganzen Himmel überziehen. Allmählich verschwand die Sonne. Noch ein paar Augenblicke, und sie hörte es draußen wie einen Schauer durch die Blätter der Bäume und Gebüsche wehen, und dann rauschte es hernieder, mächtig und unablässig.

Maren saß aufgerichtet mit gefalteten Händen. »Frau Trude, es regnet«, sagte sie leise.

Diese nickte kaum merklich mit ihrem schönen blonden Kopfe; sie saß wie träumend.

Plötzlich aber entstand draußen ein lautes Prasseln und Heulen, und als Maren erschrocken hinausblickte, sah sie aus dem Bette des Umgebungsstromes, den sie kurz vorher überschritten hatte, sich ungeheure weiße Dampfwolken stoßweise in die Luft erheben. In demselben Augenblicke fühlte sie sich auch von den Armen der schönen Regenfrau umfangen, die sich zitternd an das neben ihr ruhende junge Menschenkind schmiegte. »Nun gießen sie den Feuermann aus«, flüsterte sie, »horch nur, wie er sich wehrt! Aber es hilft ihm doch nichts mehr.«

Eine Weile hielten sie sich so umschlossen; da wurde es stille draußen, und es war nun nichts zu hören als das sanfte Rauschen des Regens. — Da standen sie auf, und die Trude ließ die Falltür des Brunnens herab und verschloß sie.

Maren küßte ihre weiße Hand und sagte: »Ich danke Euch, liebe Frau Trude, für mich und alle Leute in unserm Dorfe! Und« — setzte sie ein wenig zögernd hinzu — »nun möchte ich wieder heimgehen!«

»Schon gehen?« fragte die Trude.

»Ihr wißt es ja, mein Schatz wartet auf mich; er mag schon wacker naß geworden sein.«

Die Trude erhob den Finger. »Wirst du ihn auch später niemals warten lassen?«

»Gewiß nicht, Frau Trude!«

»So geh, mein Kind; und wenn du heimkommst, so

erzähle den andern Menschen von mir, daß sie meiner fürder nicht vergessen. — Und nun komm! Ich werde dich geleiten.«

Draußen unter dem frischen Himmelstau war schon überall das Grün des Rasens und an Baum und Büschen das Laub hervorgesprossen. — Als sie an den Strom kamen, hatte das Wasser sein ganzes Bette wieder ausgefüllt, und als erwarte er sie, ruhte der Kahn, wie von unsichtbarer Hand wiederhergestellt, schaukelnd an dem üppigen Grase des Uferrandes. Sie stiegen ein, und leise glitten sie hinüber, während die Tropfen spielend und klingend in die Flut fielen. Da, als sie eben an das andere Ufer traten, schlugen neben ihnen die Nachtigallen ganz laut aus dem Dunkel des Gebüsches. »Oh«, sagte die Trude und atmete so recht aus Herzensgrunde, »es ist noch Nachtigallenzeit, es ist noch nicht zu spät!«

Da gingen sie an dem Bach entlang, der zu dem Wasserfalle führte. Der stürzte sich schon wieder tosend über die Felsen und floß dann strömend in der breiten Rinne unter den dunkeln Linden fort. Sie mußten, als sie hinabgestiegen waren, an der Seite unter den Bäumen hingehen. Als sie wieder ins Freie traten, sah Maren den fremden Vogel in großen Kreisen über einem See schweben, dessen weites Becken sich zu ihren Füßen dehnte. Bald gingen sie unten längs dem Ufer hin, fortwährend die süßesten Düfte atmend und auf das Anrauschen der Wellen horchend, die über glänzende Kiesel an dem Strande hinaufströmten. Tausende von Blumen blühten überall, auch Veilchen und Maililien bemerkte Maren und andere Blumen, deren Zeit eigentlich längst vorüber war, die aber wegen der bösen Glut nicht hatten zur Entfaltung kommen können. »Die wollen auch nicht zurückbleiben«, sagte die Trude, »das blüht nun alles durcheinander hin.«

Mitunter schüttelte sie ihr blondes Haar, daß die Tropfen wie Funken um sie her sprühten, oder sie schränkte ihre Hände zusammmen, daß von ihren vollen weißen Armen das Wasser wie in eine Muschel hinabfloß. Dann wieder riß sie die Hände auseinander, und wo die hingesprühten Tropfen die Erde berührten, da stiegen neue Düfte auf, und ein Farbenspiel von frischen, nie gesehenen Blumen drängte sich leuchtend aus dem Rasen.

Als sie um den See herum waren, blickte Maren noch einmal auf die weite, bei dem niederfallenden Regen kaum übersehbare Wasserfläche zurück; es schauerte sie fast bei dem Gedanken, daß sie am Morgen trockenen Fußes durch die Tiefe gegangen sei. Bald mußten sie dem Platze nahe sein, wo sie ihren Andrees zurückgelassen hatte. Und richtig! Dort unter den hohen Bäumen lag er mit aufgestütztem Arm; er schien zu schlafen. Als aber Maren auf die schöne Trude blickte, wie sie mit dem roten lächelnden Munde so stolz neben ihr über den Rasen schritt, erschien sie sich plötzlich in ihren bäuerischen Kleidern so plump und häßlich, daß sie dachte: ›Ei, das tut nicht gut, die braucht der Andrees nicht zu sehen!‹ Laut aber sprach sie: »Habt Dank für Euer Geleite, Frau Trude, ich finde mich nun schon selber!«

»Aber ich muß doch deinen Schatz noch sehen!«

»Bemüht Euch nicht, Frau Trude«, erwiderte Maren, »es ist eben ein Bursch wie die andern auch und just gut genug für ein Mädel vom Dorf.«

Die Trude sah sie mit durchdringenden Augen an. »Schön bist du, Närrchen!« sagte sie und erhob drohend ihren Finger. »Bist du denn aber auch in deinem Dorf die Allerschönste?«

Da stieg dem hübschen Mädchen das Blut ins Gesicht, daß ihr die Augen überliefen. Die Trude aber lächelte schon wieder. »So merk denn auf!« sagte sie; »weil nun doch alle Quellen wieder springen, so könnt ihr einen kürzern Weg haben. Gleich unten links am Weidendamm liegt ein Nachen. Steigt getrost hinein; er wird euch rasch und sicher in eure Heimat bringen! — Und nun leb wohl!« rief sie und legte ihren Arm um den Nacken des Mädchens und küßte sie. »Oh, wie süß frisch schmeckt doch solch ein Menschenmund!«

Dann wandte sie sich und ging unter den fallenden Tropfen über den Rasen dahin. Dabei hub sie an zu singen; das klang süß und eintönig; und als die schöne Gestalt zwischen den Bäumen verschwunden war, da wußte Maren nicht, hörte sie noch immer aus der Ferne den Gesang, oder war es nur das Rauschen des niederfallenden Regens.

Eine Weile noch blieb das Mädchen stehen; dann, wie in plötzlicher Sehnsucht, streckte sie die Arme aus. »Lebt wohl, schöne, liebe Regentrude, lebt wohl!« rief sie. — Aber keine Antwort kam zurück; sie erkannte es nun deutlich, es war nur noch der Regen, der herniederrauschte.

Als sie hierauf langsam dem Eingange des Gartens

zuschritt, sah sie den jungen Bauer hoch aufgerichtet unter den Bäumen stehen. »Wonach schaust du denn so?« fragte sie als sie näher gekommen war.

»Alle Tausend, Maren!« rief Andrees, »was war denn das für ein sauber Weibsbild?«

Das Mädchen aber ergriff den Arm des Burschen und drehte ihn mit einem derben Ruck herum. »Guck dir nur nicht die Augen aus!« sagte sie, »das ist keine für dich; das war die Regentrude!«

Andrees lachte. »Nun, Maren«, erwiderte er, »daß du sie richtig aufgeweckt hattest, das hab ich hier schon merken können; denn so naß, mein ich, ist der Regen noch nimmer gewesen, und so etwas von Grünwerden hab ich auch all mein Lebtag noch nicht gesehen! — Aber nun komm! Wir wollen heim, und dein Vater soll uns sein Wort einlösen.«

Unten am Weidendamm fanden sie den Nachen und stiegen ein. Das ganze weite Tiefland war schon überflutet, auf dem Wasser und in der Luft lebte es von aller Art Gevögel; die schlanken Seeschwalben schossen schreiend über ihnen hin und tauchten die Spitzen ihrer Flügel in die Flut, während die Silbermöwe majestätisch neben ihrem fortschießenden Kahn dahinschwamm; auf den grünen Inselchen, an denen sie hier und dort vorbeikamen, sahen sie die Bruushähne mit den goldenen Kragen ihre Kampfspiele halten.

So glitten sie rasch dahin. Noch immer fiel der Regen, sanft, doch unablässig. Jetzt aber verengte sich das Wasser, und bald war es nur noch ein mäßig breiter Bach.

83

Andrees hatte schon eine Zeitlang mit der Hand über den Augen in die Ferne geblickt. »Sieh doch, Maren«, rief er, »ist das nicht meine Roggenkoppel?«

»Freilich, Andrees; und prächtig grün ist sie geworden! Aber siehst du denn nicht, daß es unser Dorfbach ist, auf dem wir fahren?«

»Richtig, Maren; aber was ist denn das dort? Das ist ja alles überflutet!«

»Ach, du lieber Gott!« rief Maren, »das sind ja meines Vaters Wiesen! Sieh nur, das schöne Heu, es schwimmt ja alles.«

Andrees drückte dem Mädchen die Hand. »Laß nur, Maren!« sagte er, »der Preis ist, denk ich, nicht zu hoch, und meine Felder tragen ja nun um desto besser.«

Bei der Dorflinde legte der Nachen an. Sie traten ans Ufer, und bald gingen sie Hand in Hand die Straße hinab. Da wurde ihnen von allen Seiten freundlich zugenickt; denn Mutter Stine mochte in ihrer Abwesenheit doch ein wenig geplaudert haben.

»Es regnet!« riefen die Kinder, die unter den Tropfen durch über die Straße liefen. »Es regnet!« sagte der Vetter Schulze, der behaglich aus seinem offenen Fenster schaute und den beiden mit kräftigem Drucke die Hand schüttelte. »Ja, ja, es regnet!« sagte auch der Wiesenbauer, der wieder mit der Meerschaumpfeife in der Torfahrt seines stattlichen Hauses stand. »Und du, Maren, hast mich heute morgen wacker angelogen. Aber kommt nur herein, ihr beiden! Der Andrees, wie der Vetter Schulze sagt, ist allewege ein guter Bursch, seine Ernte wird heuer auch noch gut, und wenn es etwan wieder drei Jahre Regen geben sollte, so ist es am Ende doch so übel nicht, wenn Höhen und Tiefen beieinanderkommen. Drum geht hinüber zu Mutter Stine, da wollen wir die Sache allfort in Richtigkeit bringen!«

Mehrere Wochen waren seitdem vergangen. Der Regen hatte längst wieder aufgehört, und die letzten schweren Erntewagen waren mit Kränzen und flatternden Bändern in die Scheuern eingefahren; da schritt im schönsten Sonnenschein ein großer Hochzeitszug der Kirche zu. Maren und Andrees waren die Brautleute; hinter ihnen gingen Hand in Hand Mutter Stine und der Wiesenbauer. Als sie fast bei der Kirchtür angelangt waren, daß sie schon den Choral vernahmen, den drinnen zu ihrem Empfang der alte Kantor auf der Orgel spielte, zog plötzlich ein weißes Wölkchen über ihnen am blauen Himmel auf, und ein paar leichte Regentropfen fielen der Braut in ihren Kranz. — »Das bedeutet Glück!« riefen die Leute, die auf dem Kirchhof standen. »Das war die Regentrude!« flüsterten Braut und Bräutigam und drückten sich die Hände.
Dann trat der Zug in die Kirche; die Sonne schien wieder, die Orgel aber schwieg, und der Priester verrichtete sein Werk.

BULEMANNS HAUS

In einer norddeutschen Seestadt, in der sogenannten Düsternstraße, steht ein altes verfallenes Haus. Es ist nur schmal, aber drei Stockwerke hoch; in der Mitte desselben, vom Boden bis fast in die Spitze des Giebels, springt die Mauer in einem erkerartigen Ausbau vor, welcher für jedes Stockwerk nach vorne und an den Seiten mit Fenstern versehen ist, so daß in hellen Nächten der Mond hindurchscheinen kann. Seit Menschengedenken ist niemand in dieses Haus hinein- und niemand herausgegangen; der schwere Messingklopfer an der Haustür ist fast schwarz von Grünspan, zwischen den Ritzen der Treppensteine wächst jahraus, jahrein das Gras. — Wenn ein Fremder fragt: »Was ist denn das für ein Haus?«, so erhält er gewiß zur Antwort: »Es ist Bulemanns Haus«; wenn er aber weiterfragt: »Wer wohnt denn darin?«, so antworten sie ebenso gewiß: »Es wohnt so niemand darin.« — Die Kinder auf den Straßen und die Ammen an der Wiege singen:

In Bulemanns Haus,
In Bulemanns Haus,
Da gucken die Mäuse
Zum Fenster hinaus.

Und wirklich wollen lustige Brüder, die von nächt-
lichen Schmäusen dort vorbeigekommen, ein Gequieke
wie von unzähligen Mäusen hinter den dunkeln
Fenstern gehört haben. Einer, der im Übermut den
Türklopfer anschlug, um den Widerhall durch die
Räume schollern zu hören, behauptet sogar, er habe
drinnen auf den Treppen ganz deutlich das Springen
großer Tiere gehört. »Fast«, pflegt er, dies erzählend,
hinzuzusetzen, »hörte es sich an wie die Sprünge der
großen Raubtiere, welche in der Menageriebude auf
dem Rathausmarkte gezeigt wurden.«
Das gegenüberstehende Haus ist um ein Stockwerk
niedriger, so daß nachts das Mondlicht ungehindert
in die oberen Fenster des alten Hauses fallen kann.
Aus einer solchen Nacht hat auch der Wächter etwas
zu erzählen; aber es ist nur ein kleines altes Menschen-
antlitz mit einer bunten Zipfelmütze, das er droben
hinter den runden Erkerfenstern gesehen haben will.
Die Nachbarn dagegen meinen, der Wächter sei wieder
einmal betrunken gewesen; sie hätten drüben an den
Fenstern niemals etwas gesehen, das einer Menschenseele gleich gewesen.
Am meisten Auskunft scheint noch ein alter, in einem
entfernten Stadtviertel lebender Mann geben zu
können, der vor Jahren Organist an der St.-Magda-
lenen-Kirche gewesen ist. »Ich entsinne mich«, äußerte

er, als er einmal darüber befragt wurde, »noch sehr wohl des hagern Mannes, der während meiner Knabenzeit allein mit einer alten Weibsperson in jenem Hause wohnte. Mit meinem Vater, der ein Trödler gewesen ist, stand er ein paar Jahre lang in lebhaftem Verkehr, und ich bin derzeit manches Mal mit Bestellungen an ihn geschickt worden. Ich weiß auch noch, daß ich nicht gern diese Wege ging und oft allerlei Ausflucht suchte; denn selbst bei Tage fürchtete ich mich, dort die schmalen dunkeln Treppen zu Herrn Bulemanns Stube im dritten Stockwerk hinaufzusteigen. Man nannte ihn unter den Leuten den ›Seelenverkäufer‹; und schon dieser Name erregte mir Angst, zumal daneben allerlei unheimlich Gerede über ihn im Schwange ging. Er war, ehe er nach seines Vaters Tode das alte Haus bezogen, viele Jahre als Superkargo auf Westindien gefahren. Dort sollte er sich mit einer Schwarzen verheiratet haben; als er aber heimgekommen, hatte man vergebens darauf gewartet, eines Tages auch jene Frau mit einigen dunkeln Kindern anlangen zu sehen. Und bald hieß es, er habe auf der Rückfahrt ein Sklavenschiff getroffen und an den Kapitän desselben sein eigen Fleisch und Blut nebst ihrer Mutter um schnödes Gold verkauft. — »Was Wahres an solchen Reden gewesen, vermag ich nicht zu sagen«, pflegte der Greis hinzu-zusetzen; »denn ich will auch einem Toten nicht zu nahe treten; aber soviel ist gewiß, ein geiziger und menschenscheuer Kauz war es; und seine Augen blickten auch, als hätten sie bösen Taten zugesehen. Kein Unglücklicher und Hülfesuchender durfte seine

Schwelle betreten; und wann immer ich damals dort gewesen, stets war von innen die eiserne Kette vor die Tür gelegt. — Wenn ich dann den schweren Klopfer wiederholt hatte anschlagen müssen, so hörte ich wohl von der obersten Treppe herab die scheltende Stimme des Hausherrn: ›Frau Anken! Frau Anken! Ist Sie taub? Hört Sie nicht, es hat geklopft!‹ Alsbald ließen sich aus dem Hinterhause über Pesel und Korridor die schlurfenden Schritte des alten Weibes vernehmen. Bevor sie aber öffnete, fragte sie hüstelnd: ›Wer ist es denn?‹ Und erst wenn ich geantwortet hatte: ›Es ist der Leberecht!‹, wurde die Kette drinnen abgehakt. Wenn ich dann hastig die sieben-undsiebzig Treppenstufen — denn ich habe sie einmal gezählt — hinaufgestiegen war, pflegte Herr Bulemann auf dem kleinen dämmerigen Flur vor seinem Zimmer schon auf mich zu warten; in dieses selbst hat er mich nie hineingelassen. Ich sehe ihn noch, wie er in seinem gelbgeblümten Schlafrock mit der spitzen Zipfelmütze vor mir stand, mit der einen Hand rücklings die Klinke seiner Zimmertür haltend. Während ich mein Gewerbe bestellte, pflegte er mich mit seinen grellen runden Augen ungeduldig anzusehen und mich darauf hart und kurz abzufertigen. Am meisten erregten damals meine Aufmerksamkeit ein paar ungeheure Katzen, eine gelbe und eine schwarze, die sich mit-unter hinter ihm aus seiner Stube drängten und ihre dicken Köpfe an seinen Knien rieben. — Nach einigen Jahren hörte indessen der Verkehr mit meinem Vater auf, und ich bin nicht mehr dort gewesen. — Dies alles ist nun über siebzig Jahre her, und Herr Bulemann muß längst dahin getragen sein, von wannen niemand wiederkehrt.« — — Der Mann irrte sich, als er so sprach. Herr Bulemann ist nicht aus seinem Hause getragen worden; er lebt darin noch jetzt.

Das aber ist so zugegangen.

Vor ihm, dem letzten Besitzer, noch um die Zopf- und Haarbeutelzeit, wohnte in jenem Hause ein Pfandverleiher, ein altes verkrümmtes Männchen. Da er sein Gewerbe mit Umsicht seit über fünf Jahrzehnten betrieben hatte und mit einem Weibe, das ihm seit dem Tode seiner Frau die Wirtschaft führte, aufs spärlichste lebte, so war er endlich ein reicher Mann geworden. Dieser Reichtum bestand aber zumeist in einer fast unübersehbaren Menge von Pretiosen, Geräten und seltsamstem Trödelkram, was er alles von Verschwendern oder Notleidenden im Lauf der Jahre als Pfand erhalten hatte und das dann, da die Rückzahlung des darauf gegebenen Darlehns nicht erfolgte, in seinem Besitz zurückgeblieben war. — Da er bei einem Verkauf dieser Pfänder, welcher gesetzlich durch die Gerichte geschehen mußte, den Überschuß des Erlöses an die Eigentümer hätte herausgeben müssen, so häufte er sie lieber in den großen Nußbaumschränken auf, mit denen zu diesem Zwecke nach und nach die Stuben des ersten und endlich auch des zweiten Stockwerks besetzt wurden. Nachts aber, wenn Frau Anken im Hinterhause in ihrem einsamen Kämmerchen schnarchte und die schwere Kette vor der Haustür lag, stieg er oft mit leisem Tritt die Treppen auf und ab. In seinen hechtgrauen Rockelor eingeknöpft, in der einen Hand die Lampe, in der andern das Schlüsselbund, öffnete er bald im ersten, bald im zweiten Stockwerk die Stuben- und die Schranktüren, nahm hier eine goldene Repetieruhr, dort eine emaillierte Schnupftabaksdose aus dem Versteck hervor und berechnete bei sich die Jahre ihres Besitzes und ob die ursprünglichen Eigentümer dieser Dinge wohl verkommen und verschollen seien oder ob sie noch einmal mit dem Gelde in der Hand wiederkehren und ihre Pfänder zurückfordern könnten. — —

Der Pfandleiher war endlich im äußersten Greisenalter von seinen Schätzen weggestorben und hatte das Haus nebst den vollen Schränken seinem einzigen Sohne hinterlassen müssen, den er während seines Lebens auf jede Weise daraus fernzuhalten gewußt hatte.

Dieser Sohn war der von dem kleinen Leberecht so gefürchtete Superkargo, welcher eben von einer überseeischen Fahrt in seine Vaterstadt zurückgekehrt war. Nach dem Begräbnis des Vaters gab er seine früheren Geschäfte auf und bezog dessen Zimmer im dritten Stock des alten Erkerhauses, wo nun statt des verkrümmten Männchens im hechtgrauen Rockelor eine lange hagere Gestalt im gelbgeblümten Schlafrock und bunter Zipfelmütze auf und ab wandelte oder rechnend an dem kleinen Pulte des Verstorbenen stand. — Auf Herrn Bulemann hatte sich indessen das Behagen des alten Pfandverleihers an den aufgehäuften Kostbarkeiten nicht vererbt. Nachdem er bei verriegelten Türen den Inhalt der großen Nußbaumschränke untersucht hatte, ging er mit sich zu Rate,

93

ob er den heimlichen Verkauf dieser Dinge wagen solle, die immer noch das Eigentum anderer waren und an deren Wert er nur auf Höhe der ererbten und, wie die Bücher ergaben, meist sehr geringen Darlehnsforderung einen Anspruch hatte. Aber Herr Bulemann war keiner von den Unentschlossenen. Schon in wenigen Tagen war die Verbindung mit einem in der äußersten Vorstadt wohnenden Trödler angeknüpft, und nachdem man einige Pfänder aus den letzten Jahren zurückgesetzt hatte, wurde heimlich und vorsichtig der bunte Inhalt der großen Nußbaumschränke in gediegene Silbermünzen umgewandelt. Das war die Zeit, wo der Knabe Leberecht ins Haus gekommen war. — Das gelöste Geld tat Herr Bulein große eisenbeschlagene Kasten, welche er nebeneinander in seine Schlafkammer setzen ließ; denn bei der Rechtlosigkeit seines Besitzes wagte er nicht, es auf Hypotheken auszutun oder sonst öffentlich anzulegen.

Als alles verkauft war, machte er sich daran, sämtliche für die mögliche Zeit seines Lebens denkbare Ausgaben zu berechnen. Er nahm dabei ein Alter von neunzig Jahren in Ansatz und teilte dann das Geld in einzelne Päckchen je für eine Woche, indem er auf jedes Quartal noch ein Röllchen für unvorhergesehene Ausgaben dazulegte. Dieses Geld wurde für sich in einen Kasten gelegt, welcher nebenan in dem Wohnzimmer stand; und alle Sonnabendmorgen erschien Frau Anken, die alte Wirtschafterin, die er aus der Verlassenschaft seines Vaters mitübernommen hatte, um ein neues Päckchen in Empfang zu nehmen und über die Verausgabung des vorigen Rechenschaft zu geben.

Wie schon erzählt, hatte Herr Bulemann Frau und Kinder nicht mitgebracht; dagegen waren zwei Katzen von besonderer Größe, eine gelbe und eine schwarze, am Tage nach der Beerdigung des alten Pfandverleihers durch einen Matrosen in einem fest zugebundenen Sack vom Bord des Schiffes ins Haus getragen worden. Diese Tiere waren bald die einzige Gesellschaft ihres Herrn. Sie erhielten mittags ihre eigene Schüssel, die Frau Anken unter verbissenem Ingrimm tagsaus und -ein für sie bereiten mußte; nach dem Essen, während Herr Bulemann sein kurzes Mittagsschläfchen abtat, saßen sie gesättigt neben ihm auf dem Kanapee, ließen ein Läppchen Zunge hervorhängen und blinzelten ihn schläfrig aus ihren grünen Augen an. Waren sie in den unteren Räumen des Hauses auf der Mausjagd gewesen, was ihnen indessen immer einen heimlichen Fußtritt von dem alten Weibe eintrug, so brachten sie gewiß die gefangenen Mäuse zuerst ihrem Herrn im Maule hergeschleppt und zeigten sie ihm, ehe sie unter das Kanapee krochen und sie verzehrten. War dann die Nacht gekommen und hatte Herr Bulemann die bunte Zipfelmütze mit einer weißen vertauscht, so begab er sich mit seinen beiden Katzen in das große Gardinenbett im Nebenkämmerchen, wo er sich durch das gleichmäßige Spinnen der zu seinen Füßen eingewühlten Tiere in den Schlaf bringen ließ.

Dieses friedliche Leben war indes nicht ohne Störung geblieben. Im Lauf der ersten Jahre waren dennoch

einzelne Eigentümer der verkauften Pfänder gekommen und hatten gegen Rückzahlung des darauf
erhaltenen Sümmchens die Auslieferung ihrer
Pretiosen verlangt. Und Herr Bulemann, aus Furcht
vor Prozessen, wodurch sein Verfahren in die
Öffentlichkeit hätte kommen können, griff in seine
großen Kasten und erkaufte sich durch größere oder
kleinere Abfindungssummen das Schweigen der
Beteiligten. Das machte ihn noch menschenfeindlicher
und verbissener. Der Verkehr mit dem alten Trödler
hatte längst aufgehört; einsam saß er auf seinem
Erkerstübchen mit der Lösung eines schon oft
gesuchten Problems, der Berechnung eines sicheren
Lotteriegewinnes, beschäftigt, wodurch er dermaleinst
seine Schätze ins unermeßliche zu vermehren dachte.
Auch Graps und Schnores, die beiden großen Kater,
hatten jetzt unter seiner Laune zu leiden. Hatte er sie
in dem einen Augenblick mit seinen langen Fingern
getätschelt, so konnten sie sich im andern, wenn etwa
die Berechnung auf den Zahlentafeln nicht stimmen
wollte, eines Wurfs mit dem Sandfaß oder der Papier-
schere versehen, so daß sie heulend in die Ecke
hinkten.
Herr Bulemann hatte eine Verwandte, eine Tochter
seiner Mutter aus erster Ehe, welche indessen schon
bei dem Tode dieser wegen ihrer Erbansprüche abge-
funden war und daher an die von ihm ererbten
Schätze keine Ansprüche hatte. Er kümmerte sich
jedoch nicht um diese Halbschwester, obgleich sie in
einem Vorstadtviertel in den dürftigsten Verhältnissen
lebte; denn noch weniger als mit andern Menschen

liebte Herr Bulemann den Verkehr mit dürftigen Verwandten. Nur einmal, als sie kurz nach dem Tode ihres Mannes in schon vorgerücktem Alter ein kränkliches Kind geboren hatte, war sie hülfesuchend zu ihm gekommen. Frau Anken, die sie eingelassen, war horchend unten auf der Treppe sitzen geblieben, und bald hatte sie von oben die scharfe Stimme ihres Herrn gehört, bis endlich die Tür aufgerissen worden und die Frau weinend die Treppe herabgekommen war. Noch an demselben Abend hatte Frau Anken die strenge Weisung erhalten, die Kette fürderhin nicht von der Haustür zu ziehen, falls etwa die Christine noch einmal wiederkommen sollte.

Die Alte begann sich immer mehr vor der Hakennase und den greilen Eulenaugen ihres Herrn zu fürchten. Wenn er oben am Treppengeländer ihren Namen rief oder auch, wie er es vom Schiffe hergewohnt war, nur einen schrillen Pfiff auf seinen Fingern tat, so kam sie gewiß, in welchem Winkel sie auch sitzen mochte, eiligst hervorgekrochen und stieg stöhnend, Schimpf- und Klageworte vor sich her plappernd, die schmalen Treppen hinauf.

Wie aber in dem dritten Stockwerk Herr Bulemann, so hatte in den unteren Zimmern Frau Anken ihre ebenfalls nicht ganz rechtlich erworbenen Schätze aufgespeichert. — Schon in dem ersten Jahre ihres Zusammenlebens war sie von einer Art kindischer Angst befallen worden, ihr Herr könne einmal die Verausgabung des Wirtschaftsgeldes selbst über- nehmen und sie werde dann bei dem Geize desselben noch auf ihre alten Tage Not zu leiden haben. Um dieses abzuwenden, hatte sie ihm vorgelogen, der Weizen sei aufgeschlagen, und demnächst die entsprechende Mehrsumme für den Brotbedarf gefordert. Der Superkargo, der eben seine Lebensrechnung begonnen, hatte scheltend seine Papiere zerrissen und darauf seine Rechnung von vorn wieder aufgestellt und den Wochenrationen die verlangte Summen zugesetzt. — Frau Anken aber, nachdem sie ihren Zweck erreicht, hatte, zur Schonung ihres Gewissens und des Sprichworts gedenkend: »Geschleckt ist nicht gestohlen«, nun nicht die überschüssig empfangenen Schillinge, sondern regelmäßig nur die dafür gekauften Weizenbrötchen unterschlagen, mit denen sie, da Herr Bulemann niemals die unteren Zimmer betrat, nach und nach die ihres kostbarsten Inhalts beraubten großen Nußbaumschränke anfüllte.

So mochten etwa zehn Jahre verflossen sein. Herr Bulemann wurde immer hagerer und grauer, sein gelbgeblümter Schlafrock immer fadenscheiniger. Dabei vergingen oft Tage, ohne daß er den Mund zum Sprechen geöffnet hätte; denn er sah keine lebenden Wesen als die beiden Katzen und seine alte, halb kindische Haushälterin. Nur mitunter, wenn er hörte, daß unten die Nachbarskinder auf den Prellsteinen vor seinem Hause ritten, steckte er den Kopf ein wenig aus dem Fenster und schalt mit seiner scharfen Stimme in die Gasse hinab. — »Der Seelenverkäufer, der Seelenverkäufer!« schrien dann die Kinder und stoben auseinander. Herr Bulemann aber fluchte und schimpfte noch ingrimmiger, bis er endlich schmetternd das Fenster zuschlug und drinnen Graps und Schnores seinen Zorn entgelten ließ.

Um jede Verbindung mit der Nachbarschaft auszuschließen, mußte Frau Anken schon seit geraumer Zeit ihre Wirtschaftseinkäufe in entlegenen Straßen machen. Sie durfte jedoch erst mit dem Eintritt der Dunkelheit ausgehen und mußte dann die Haustür hinter sich verschließen.

Es mochte acht Tage vor Weihnachten sein, als die Alte wiederum eines Abends zu solchem Zwecke das Haus verlassen hatte. Trotz ihrer sonstigen Sorgfalt mußte sie sich indessen diesmal einer Vergessenheit schuldig gemacht haben. Denn als Herr Bulemann eben mit dem Schwefelholz sein Talglicht angezündet hatte, hörte er zu seiner Verwunderung es draußen auf den Stiegen poltern, und als er mit vorgehaltenem Licht auf den Flur hinaustrat, sah er seine Halbschwester mit einem bleichen Knaben vor sich stehen.

»Wie seid ihr ins Haus gekommen?« herrschte er sie an, nachdem er sie einen Augenblick erstaunt und ingrimmig angestarrt hatte.

»Die Tür war offen unten«, sagte die Frau schüchtern. Er murmelte einen Fluch auf seine Wirtschafterin zwischen den Zähnen. »Was willst du?« fragte er dann.

»Sei doch nicht so hart, Bruder«, bat die Frau, »ich habe sonst nicht den Mut, zu dir zu sprechen.«

»Ich wüßte nicht, was du mit mir zu sprechen hättest; du hast dein Teil bekommen; wir sind fertig miteinander.«

Die Schwester stand schweigend vor ihm und suchte vergebens nach dem rechten Worte. — Drinnen wurde wiederholt ein Kratzen an der Stubentür vernehmbar. Als Herr Bulemann zurückgelangt und die Tür geöffnet hatte, sprangen die beiden großen Katzen auf den Flur hinaus und strichen spinnend an dem blassen Knaben herum, der sich furchtsam vor ihnen an die Wand zurückzog. Ihr Herr betrachtete ungeduldig die noch immer schweigend vor ihm stehende Frau. »Nun, wird's bald?« fragte er.

»Ich wollte dich um etwas bitten, Daniel«, hub sie endlich an. »Dein Vater hat ein paar Jahre vor seinem Tode, da ich in bitterster Not war, ein silbern Becherlein von mir in Pfand genommen.«

»Mein Vater von dir?« fragte Herr Bulemann.

»Ja, Daniel, dein Vater; der Mann von unser beider Mutter. Hier ist der Pfandschein; er hat mir nicht zuviel darauf gegeben.«

»Weiter!« sagte Herr Bulemann, der mit raschem Blick die leeren Hände seiner Schwester gemustert hatte.

»Vor einiger Zeit«, fuhr sie zaghaft fort, »träumte mir, ich gehe mit meinem kranken Kinde auf dem Kirchhof. Als wir an das Grab unserer Mutter kamen, saß sie auf ihrem Grabstein unter einem Busch voll blühender weißer Rosen. Sie hatte jenen kleinen Becher in der Hand, den ich einst als Kind von ihr geschenkt erhalten; als wir aber näher gekommen waren, setzte sie ihn an die Lippen; und indem sie dem Knaben lächelnd zunickte, hörte ich sie deutlich sagen: ›Zur Gesundheit!‹ — Es war ihre sanfte Stimme, Daniel, wie im Leben; und diesen Traum habe ich drei Nächte nacheinander geträumt.«

»Was soll das?« fragte Herr Bulemann.

»Gib mir den Becher zurück, Bruder! Das Christfest ist nahe; leg ihn dem kranken Kinde auf seinen leeren Weihnachtsteller!«

Der hagere Mann in seinem gelbgeblümten Schlafrock stand regungslos vor ihr und betrachtete sie mit seinen grellen runden Augen. »Hast du das Geld bei dir?« fragte er. »Mit Träumen löst man keine Pfänder ein.«

»O Daniel!« rief sie, »glaub unserer Mutter! Er wird gesund, wenn er aus dem kleinen Becher trinkt. Sei barmherzig; er ist ja doch von deinem Blute!«

Sie hatte die Hände nach ihm ausgestreckt; aber er trat einen Schritt zurück. »Bleib mir vom Leibe«, sagte er. Dann rief er nach seinen Katzen. »Graps, alte Bestie! Schnores, mein Söhnchen!« Und der große gelbe Kater sprang mit einem Satz auf den Arm seines Herrn und klauete mit seinen Krallen in der bunten Zipfelmütze, während das schwarze Tier mauzend an seinen Knien hinaufstrebte.

Der kranke Knabe war näher geschlichen. »Mutter«, sagte er, indem er sie heftig an dem Kleide zupfte, »ist das der böse Ohm, der seine schwarzen Kinder verkauft hat?«

Aber in demselben Augenblick hatte auch Herr Bulemann die Katze herabgeworfen und den Arm des aufschreienden Knaben ergriffen. »Verfluchte Bettelbrut«, rief er, »pfeifst du auch das tolle Lied!«

»Bruder, Bruder!« jammerte die Frau. —Doch schon lag der Knabe wimmernd drunten auf dem Treppenabsatz. Die Mutter sprang ihm nach und nahm ihn sanft auf ihren Arm; dann aber richtete sie sich hoch auf, und den blutenden Kopf des Kindes an ihrer Brust, erhob sie die geballte Faust gegen ihren Bruder, der zwischen seinen spinnenden Katzen droben am Treppengeländer stand. »Verruchter, böser Mann!« rief sie. »Mögest du verkommen bei deinen Bestien!«

»Fluche, soviel du Lust hast!« erwiderte der Bruder; »aber mach, daß du aus dem Hause kommst.«

Dann, während das Weib mit dem weinenden Knaben die dunkeln Treppen hinabstieg, lockte er seine Katzen und klappte die Stubentür hinter sich zu. — Er bedachte nicht, daß die Flüche der Armen gefährlich sind, wenn die Hartherzigkeit der Reichen sie hervorgerufen hat.

Einige Tage später trat Frau Anken, wie gewöhnlich, mit dem Mittagessen in die Stube ihres Herrn. Aber sie kniff heute noch mehr als sonst mit den dünnen Lippen, und ihre kleinen blöden Augen leuchteten vor Vergnügen. Denn sie hatte die harten Worte nicht vergessen, die sie wegen ihrer Nachlässigkeit an jenem Abend hatte hinnehmen müssen, und sie dachte sie ihm jetzt mit Zinsen wieder heimzuzahlen.

»Habt Ihr's denn auf St. Magdalenen läuten hören?« fragte sie.

»Nein«, erwiderte Herr Bulemann kurz, der über seinen Zahlentafeln saß.

»Wißt Ihr denn wohl wofür es geläutet hat?« fragte die Alte weiter.

»Dummes Geschwätz! Ich höre nicht nach dem Gebimmel.«

»Es war aber doch für Euren Schwestersohn!«

Herr Bulemann legte die Feder hin. »Was schwatzest du, Alte?«

»Ich sage«, erwiderte sie, »daß sie soeben den kleinen Christoph begraben haben.«

Herr Bulemann schrieb schon wieder weiter. »Warum erzählst du mir das? Was geht mich der Junge an?«

»Nun, ich dachte nur; man erzählt ja wohl, was Neues in der Stadt passiert.« — —

Als sie gegangen war, legte aber doch Herr Bulemann die Feder wieder fort und schritt, die Hände auf dem Rücken, eine lange Zeit in seinem Zimmer auf und ab. Wenn unten auf der Gasse ein Geräusch entstand, trat er hastig ans Fenster, als erwarte er schon den Stadtdiener eintreten zu sehen, der ihn wegen der Mißhandlung des Knaben vor den Rat zitieren solle. Der schwarze Graps, der mauzend seinen Anteil an der aufgetragenen Speise verlangte, erhielt einen Fußtritt, daß er schreiend in die Ecke flog. Aber, war es nun der Hunger, oder hatte sich unversehens die sonst so unterwürfige Natur des Tieres verändert, er wandte sich gegen seinen Herrn und fuhr fauchend und prustend auf ihn los. Herr Bulemann gab ihm einen zweiten Fußtritt. »Freßt«, sagte er. »Ihr braucht nicht auf mich zu warten.«

Mit einem Satz waren die beiden Katzn an der vollen Schüssel, die er ihnen auf den Fußboden gesetzt hatte. Dann aber geschah etwas Seltsames.

Als der gelbe Schnores, der zuerst seine Mahlzeit

103

beendet hatte, nun in der Mitte des Zimmers stand, sich reckte und buckelte, blieb Herr Bulemann plötzlich vor ihm stehen; dann ging er um das Tier herum und betrachtete es von allen Seiten. »Schnores, alter Halunke, was ist denn das?« sagte er, den Kopf des Katers krauend. »Du bist ja noch gewachsen in deinen alten Tagen!« — In diesem Augenblick war auch die andere Katze hinzugesprungen. Sie sträubte ihren glänzenden Pelz und stand dann hoch auf ihren schwarzen Beinen. Herr Bulemann schob sich die bunte Zipfelmütze aus der Stirn. »Auch der!« murmelte er. »Seltsam, es muß in der Sorte liegen.«

Es war indes dämmerig geworden, und da niemand kam und ihn beunruhigte, so setzte er sich zu den Schüsseln, die auf dem Tische standen. Endlich begann er sogar seine großen Katzen, die neben ihm auf dem Kanapee saßen, mit einem gewissen Behagen zu beschauen. »Ein Paar stattliche Burschen seid ihr!« sagte er, ihnen zunickend. »Nun soll euch das alte Weib unten auch die Ratten nicht mehr vergiften!« — Als er aber abends nebenan in seine Schlafkammer ging, ließ er sie nicht, wie sonst, zu sich herein; und als er sie nachts mit den Pfoten gegen die Kammertür fallen und mauzend daran herunterrutschen hörte, zog er sich das Deckbett über beide Ohren und dachte: ›Mauzt nur zu, ich habe eure Krallen gesehen.‹ —

Dann kam der andere Tag, und als es Mittag geworden, geschah dasselbe, was tags zuvor geschehen war. Von der geleerten Schüssel sprangen die Katzen mit einem schweren Satz mitten ins Zimmer hinein, reckten und streckten sich; und als Herr Bulemann,

der schon wieder über seinen Zahlentafeln saß, einen
Blick zu ihnen hinüberwarf, stieß er entsetzt seinen
Drehstuhl zurück und blieb mit ausgerecktem Halse
stehen. Dort, mit leisem Winseln, als wenn ihnen ein
Widriges angetan würde, standen Graps und Schnores
zitternd mit geringelten Schwänzen, das Haar
gesträubt; er sah es deutlich, sie dehnten sich, sie
wurden groß und größer.
Noch einen Augenblick stand er, die Hände an den
Tisch geklammert; dann plötzlich schritt er an den
Tieren vorbei und riß die Stubentür auf. »Frau Anken,
Frau Anken!« rief er; und da sie nicht gleich zu hören
schien, tat er einen Pfiff auf seinen Fingern, und bald
schlurfte auch die Alte unten aus dem Hinterhause
hervor und keuchte eine Treppe nach der andern
herauf.
»Sehe Sie sich einmal die Katzen an!« rief er, als sie
ins Zimmer getreten war.
»Die hab ich schon oft gesehen. Herr Bulemann.«
»Sieht Sie daran denn nichts?«
»Daß ich nicht wüßte, Herr Bulemann!« erwiderte sie,
mit ihren blöden Augen um sich blinzelnd.
»Was sind denn das für Tiere? Das sind ja gar keine
Katzen mehr!« — Er packte die Alte an den Armen
und rannte sie gegen die Wand. »Rotäugige Hexe!«
schrie er, »bekenne, was hast du meinen Katzen
eingebraut!«
Das Weib klammerte ihre knöchernen Hände inein-
ander und begann unverständliche Gebete herzu-
plappern. Aber die furchtbaren Katzen sprangen von
rechts und links auf die Schultern ihres Herrn und

105

leckten ihn mit ihren scharfen Zungen ins Gesicht. Da mußte er die Alte loslassen.

Fortwährend plappernd und hüstelnd, schlich sie aus dem Zimmer und kroch die Treppen hinab. Sie war wie verwirrt; sie fürchtete sich, ob mehr vor ihrem Herrn oder vor den großen Katzen, das wußte sie selber nicht. So kam sie hinten in ihre Kammer. Mit zitternden Händen holte sie einen mit Geld gefüllten wollenen Strumpf aus ihrem Bett hervor; dann nahm sie aus einer Lade eine Anzahl alter Röcke und Lumpen und wickelte sie um ihren Schatz herum, so daß es endlich ein großes Bündel gab. Denn sie wollte fort, um jeden Preis fort; sie dachte an die arme Halbschwester ihres Herrn draußen in der Vorstadt; die war immer freundlich gegen sie gewesen, zu der wollte sie. Freilich, es war ein weiter Weg, durch viele Gassen, über viele schmale und lange Brücken, welche über dunkle Gräben und Fleten hinwegführten, und draußen dämmerte schon der Winterabend. Es trieb sie dennoch fort. Ohne an ihre Tausende von Weizenbrötchen zu denken, die sie in kindischer Fürsorge in den großen Nußbaumschränken aufgehäuft hatte, trat sie mit ihrem schweren Bündel auf dem Nacken aus dem Hause. Sorgfältig mit dem großen krausen Schlüssel verschloß sie die schwere eichene Tür, steckte ihn in ihre Ledertasche und ging dann keuchend in die finstere Stadt hinaus. — —

Frau Anken ist niemals wiedergekommen, und die Tür von Bulemanns Haus ist niemals wieder aufgeschlossen worden.

Noch an demselben Tage aber, da sie fortgegangen,

hat ein junger Taugenichts, der, den Knecht Ruprecht
spielend, in den Häusern umherlief, mit Lachen seinen
Kameraden erzählt, da er in seinem rauhen Pelz über
die Kreszentiusbrücke gegangen sei, habe er ein altes
Weib dermaßen erschreckt, daß sie mit ihrem Bündel
wie toll in das schwarze Wasser hinabgesprungen sei.
— Auch ist in der Frühe des andern Tages in der
äußersten Vorstadt die Leiche eines alten Weibes,
welche an einem großen Bündel festgebunden war,
von den Wächtern aufgefischt und bald darauf, da
niemand sie gekannt hat, auf dem Armenviertel des
dortigen Kirchhofs in einem platten Sarge eingegraben
worden.

Dieser andere Morgen war der Morgen des Weih-
nachtsabends. — Herr Bulemann hatte eine schlechte
Nacht gehabt; das Kratzen und Arbeiten der Tiere
gegen seine Kammertür hatte ihm diesmal keine Ruhe
gelassen; erst gegen die Morgendämmerung war er in
einen langen, bleiernen Schlaf gefallen. Als er endlich
seinen Kopf mit der Zipfelmütze in das Wohnzimmer
hineinsteckte, sah er die beiden Katzen laut schnurrend mit unruhigen Schritten umeinander hergehen.
Es war schon nach Mittag; die Wanduhr zeigte auf
eins. »Sie werden Hunger haben, die Bestien«,
murmelte er. Dann öffnete er die Tür nach dem Flur
und pfiff nach der Alten. Zugleich aber drängten die
Katzen sich hinaus und rannten die Treppe hinab,
und bald hörte er von unten aus der Küche herauf
Springen und Tellergeklapper. Sie mußten auf den
Schrank gesprungen sein, auf den Frau Anken die

Speisen für den andern Tag zurückzusetzen pflegte.
Herr Bulemann stand oben an der Treppe und rief
laut und scheltend nach der Alten; aber nur das
Schweigen antwortete ihm oder von unten herauf aus
den Winkeln des alten Hauses ein schwacher Widerhall. Schon schlug er die Schöße seines geblümten
Schlafrocks übereinander und wollte selbst hinab-
steigen, da polterte es drunten auf den Stiegen, und
die beiden Katzen kamen wieder heraufgerannt. Aber
das waren keine Katzen mehr; das waren zwei
furchtbare, namenlose Raubtiere. Die stellten sich gegen ihn, sahen ihn mit ihren glimmenden Augen an
und stießen ein heiseres Geheul aus. Er wollte an
ihnen vorbei, aber ein Schlag mit der Tatze, der ihm
einen Fetzen aus dem Schlafrock riß, trieb ihn zurück.
Er lief ins Zimmer; er wollte ein Fenster aufreißen,
um die Menschen auf der Gasse anzurufen; aber die
Katzen sprangen hinterdrein und kamen ihm zuvor.
Grimmig schnurrend, mit erhobenem Schweif, wan-
derten sie vor den Fenstern auf und ab. Herr Bulemann rannte auf den Flur hinaus und warf die Zimmertür hinter sich zu; aber die Katzen schlugen mit
der Tatze auf die Klinke und standen schon vor ihm
an der Treppe. — Wieder floh er ins Zimmer zurück,
und wieder waren die Katzen da.

Schon verschwand der Tag, und die Dunkelheit kroch
in alle Ecken. Tief unten von der Gasse herauf hörte
er Gesang; Knaben und Mädchen zogen von Haus zu
Haus und sangen Weihnachtslieder. Sie gingen in alle
Türen; er stand und horchte. Kam denn niemand in

seine Tür? — — Aber er wußte es ja, er hatte sie selber alle fortgetrieben; es klopfte niemand, es rüttelte niemand an der verschlossenen Haustür. Sie zogen vorüber; und allmählich ward es still, totenstill auf der Gasse. Und wieder suchte er zu entrinnen; er wollte Gewalt anwenden; er rang mit den Tieren, er ließ sich Gesicht und Hände blutig reißen. Dann wieder wandte er sich zur List; er rief sie mit den alten Schmeichelnamen, er strich ihnen die Funken aus dem Pelz und wagte es sogar, ihren flachen Kopf mit den großen weißen Zähnen zu kraulen. Sie warfen sich auch vor ihm hin und wälzten sich schnurrend zu seinen Füßen; aber wenn er den rechten Augenblick gekommen glaubte und aus der Tür schlüpfte, so sprangen sie auf und standen, ihr heiseres Geheul ausstoßend, vor ihm. — So verging die Nacht, so kam der Tag, und noch immer rannte er zwischen der Treppe und den Fenstern seines Zimmers hin und wider, die Hände ringend, keuchend, das graue Haar zerzaust.

Und noch zweimal wechselten Tag und Nacht; da endlich warf er sich, gänzlich erschöpft, an allen Gliedern zuckend, auf das Kanapee. Die Katzen setzten sich ihm gegenüber und blinzelten ihn schläfrig aus halbgeschlossenen Augen an. Allmählich wurde das Arbeiten seines Leibes weniger, und endlich hörte es ganz auf. Eine fahle Blässe überzog unter den Stoppeln des grauen Bartes sein Gesicht; noch einmal aufseufzend, streckte er die Arme und spreizte die langen Finger über die Knie; dann regte er sich nicht mehr. Unten in den öden Räumen war es indessen nicht

ruhig gewesen. Draußen an der Tür des Hinterhauses, die auf den engen Hof hinausführt, geschah ein emsiges Nagen und Fressen. Endlich entstand über der Schwelle eine Öffnung, die größer und größer wurde; ein grauer Mauskopf drängte sich hindurch, dann noch einer, und bald huschte eine ganze Schar von Mäusen über den Flur und die Treppe hinauf in den ersten Stock. Hier begann das Arbeiten aufs neue an der Zimmertür, und als diese durchnagt war, kamen die großen Schränke dran, in denen Frau Ankens hinterlassene Schätze aufgespeichert lagen. Da war ein Leben wie im Schlaraffenland; wer durchwollte, mußte sich durchfressen. Und das Geziefer füllte sich den Wanst; und wenn es mit dem Fressen nicht mehr fortwollte, rollte es die Schwänze auf und hielt sein Schläfchen in den hohlgefressenen Weizenbrötchen. Nachts kamen sie hervor, huschten über die Dielen oder saßen, ihre Pfötchen leckend, vor dem Fenster und schauten, wenn der Mond schien, mit ihren blanken Augen in die Gasse hinab.

Aber diese behagliche Wirtschaft sollte bald ihr Ende erreichen. In der dritten Nacht, als eben droben Herr Bulemann seine Augen zugetan hatte, polterte es draußen auf den Stiegen. Die großen Katzen kamen herabgesprungen, öffneten mit einem Schlag ihrer Tatze die Tür des Zimmers und begannen ihre Jagd. Da hatte alle Herrlichkeit ein Ende. Quieksend und pfeifend rannten die fetten Mäuse umher und strebten ratlos an den Wänden hinauf. Es war vergebens; sie verstummten eine nach der andern zwischen den zermalmenden Zähnen der beiden Raubtiere.

Dann wurde es still, und bald war in dem ganzen Hause nichts vernehmbar als das leise Spinnen der großen Katzen, die mit ausgestreckten Tatzen droben vor dem Zimmer ihres Herrn lagen und sich das Blut aus den Bärten leckten.

Unten in der Haustür verrostete das Schloß, den Messingklopfer überzog der Grünspan, und zwischen den Treppensteinen begann das Gras zu wachsen.

Draußen aber ging die Welt unbekümmert ihren Gang. — Als der Sommer gekommen war, stand auf dem St.-Magdalenen-Kirchhof auf dem Grabe des kleinen Christoph ein blühender weißer Rosenbusch; und bald lag auch ein kleiner Denkstein unter demselben. Den Rosenbusch hatte seine Mutter ihm gepflanzt; den Stein freilich hatte sie nicht beschaffen können. Aber Christoph hatte einen Freund gehabt; es war ein junger Musikus, der Sohn eines Trödlers, der in dem Hause ihnen gegenüber wohnte. Zuerst hatte er sich unter sein Fenster geschlichen, wenn der Musiker drinnen am Klavier saß; später hatte dieser ihn zuweilen in die Magdalenenkirche genommen, wo er sich nachmittags im Orgelspiel zu üben pflegte. — Da saß denn der blasse Knabe auf einem Schemelchen zu seinen Füßen, lehnte lauschend den Kopf an die Orgelbank und sah, wie die Sonnenlichter durch die Kirchenfenster spielten. Wenn der junge Musikus dann, von der Verarbeitung seines Themas fortgerissen, die tiefen mächtigen Register durch die Gewölbe brausen ließ oder wenn er mitunter den Tremulanten zog und die Töne wie zitternd vor der

Majestät Gottes dahinfluteten so konnte es wohl geschehen, daß der Knabe in stilles Schluchzen ausbrach und sein Freund ihn nur schwer zu beruhigen vermochte. Einmal auch sagte er bittend: »Es tut mir weh, Leberecht; spiele nicht so laut!«

Der Orgelspieler schob auch sogleich die großen Register wieder ein und nahm die Flöten- und andere sanfte Stimmen; und süß und ergreifend schwoll das Lieblingslied des Knaben durch die stille Kirche: »Befiehl du deine Wege.« — Leise mit seiner kränklichen Stimme hub er an mitzusingen. »Ich will auch spielen lernen«, sagte er, als die Orgel schwieg; »willst du mich es lehren, Leberecht?«

Der junge Musikus ließ seine Hand auf den Kopf des Knaben fallen, und ihm das gelbe Haar streichelnd, erwiderte er: »Werde nur erst recht gesund, Christoph; dann will ich dich es gern lehren.«

Aber Christoph war nicht gesund geworden. — Seinem kleinen Sarge folgte neben der Mutter auch der junge Orgelspieler. Sie sprachen hier zum ersten Mal zusammen; und die Mutter erzählte ihm jenen dreimal geträumten Traum von dem kleinen silbernen Erbbecher.

»Den Becher«, sagte Leberecht, »hätte ich Euch geben können; mein Vater, der ihn vor Jahren mit vielen andern Dingen von Euerm Bruder erhandelte, hat mir das zierliche Stück einmal als Weihnachtsgeschenk gegeben.«

Die Frau brach in die bittersten Klagen aus. »Ach«, rief sie immer wieder, »er wäre ja gewiß gesund geworden!«

Der junge Mann ging eine Weile schweigend neben ihr her. »Den Becher soll unser Christoph dennoch haben«, sagte er endlich.

Und so geschah es. Nach einigen Tagen hatte er den Becher an einen Sammler solcher Pretiosen um einen guten Preis verhandelt; von dem Gelde aber ließ er den Denkstein für das Grab des kleinen Christoph machen. Er ließ eine Marmortafel darin einlegen, auf welcher das Bild des Bechers ausgemeißelt wurde. Darunter standen die Worte eingegraben: »Zur Gesundheit!« — Noch viele Jahre hindurch, mochte der Schnee auf dem Grabe liegen oder mochte in der Junisonne der Busch mit Rosen überschüttet sein, kam oft eine blasse Frau und las andächtig und sinnend die beiden Worte auf dem Grabstein. — Dann eines Sommers ist sie nicht mehr gekommen; aber die Welt ging unbekümmert ihren Gang.

Nur noch einmal, nach vielen Jahren, hat ein sehr alter Mann das Grab besucht, er hat sich den kleinen Denkstein angesehen und eine weiße Rose von dem alten Rosenbusch gebrochen. Das ist der emeritierte Organist von St. Magdalenen gewesen.

Aber wir müssen das friedliche Kindergrab verlassen und, wenn der Bericht zu Ende geführt werden soll, drüben in der Stadt noch einen Blick in das alte Erkerhaus der Düsternstraße werfen. — Noch immer stand es schweigend und verschlossen. Während draußen das Leben unablässig daran vorüberflutete, wucherte drinnen in den eingeschlossenen Räumen der Schwamm aus den Dielenritzen, löste sich der Gips an den Decken und stürzte herab, in einsamen Nächten ein unheimliches Echo über Flur und Stiege jagend. Die Kinder, welche an jenem Christabend auf der Straße gesungen hatten, wohnten jetzt als alte Leute in den Häusern, oder sie hatten ihr Leben schon abgetan und waren gestorben; die Menschen, die jetzt auf der Gasse gingen, trugen andere Gewänder, und draußen auf dem Vorstadtskirchhof war der schwarze Nummerpfahl auf Frau Ankens namenlosem Grabe schon längst verfault. Da schien eines Nachts wieder einmal, wie schon so oft, über das Nachbarhaus hinweg der Vollmond in das Erkerfenster des dritten Stockwerks und malte mit seinem bläulichen Lichte die kleinen runden Scheiben auf den Fußboden. Das Zimmer war leer; nur auf dem Kanapee zusammengekauert saß eine kleine Gestalt von der Größe eines jährigen Kindes, aber das Gesicht war alt und bärtig und die magere Nase unverhältnismäßig groß; auch trug sie eine weit über die Ohren fallende Zipfelmütze und einen langen, augenscheinlich für einen ausgewachsenen Mann bestimmten Schlafrock, auf dessen Schoß sie die Füße heraufgezogen hatte.

Diese Gestalt war Herr Bulemann. — Der Hunger hatte ihn nicht getötet, aber durch den Mangel an Nahrung war sein Leib verdorrt und eingeschwunden, und so war er im Lauf der Jahre kleiner und kleiner geworden. Mitunter in Vollmondnächten, wie diese, war er erwacht und hatte, wenn auch mit immer schwächerer Kraft, seinen Wächtern zu entrinnen gesucht. War er, von den vergeblichen Anstrengungen erschöpft aufs Kanapee gesunken oder zuletzt

hinaufgekrochen und hatte dann der bleierne Schlaf
ihn wieder befallen, so streckten Graps und Schnores
sich draußen vor der Treppe hin, peitschten mit ihrem
Schweif den Boden und horchten, ob Frau Ankens
Schätze neue Wanderzüge von Mäusen in das Haus
gelockt hätten.

Heute war es anders; die Katzen waren weder im
Zimmer noch draußen auf dem Flur. Als das durch das
Fenster fallende Mondlicht über den Fußboden weg
und allmählich an der kleinen Gestalt hinaufrückte,
begann sie sich zu regen; die großen runden Augen
öffneten sich, und Herr Bulemann starrte in das leere
Zimmer hinaus. Nach einer Weile rutschte er, die
langen Ärmel mühsam zurückschlagend, von dem
Kanapee herab und schritt langsam der Tür zu,
während die breite Schleppe des Schlafrocks hinter
ihm herfegte. Auf den Fußspitzen nach der Klinke
greifend, gelang es ihm, die Stubentür zu öffnen und
draußen bis an das Geländer der Treppe vorzu-
schreiten. Eine Weile blieb er keuchend stehen; dann
streckte er den Kopf vor und mühte sich zu rufen:
»Frau Anken, Frau Anken!« Aber seine Stimme war
nur wie das Wispern eines kranken Kindes. »Frau
Anken, mich hungert; so höre Sie doch!«

Alles blieb still; nur die Mäuse quieksten jetzt heftig
in den unteren Zimmern.

Da wurde er zornig: »Hexe, verfluchte, was pfeift Sie
denn?« und ein Schwall unverständlich geflüsterter
Schimpfworte sprudelte aus seinem Munde, bis ein
Stickhusten ihn befiel und seine Zunge lähmte.

Draußen, unten an der Haustür, wurde der schwere

Messingklopfer angeschlagen, daß der Hall bis in die Spitze des Hauses hinaufdrang. Es mochte jener nächtliche Geselle sein, von dem im Anfang dieser Geschichte die Rede gewesen ist.

Herr Bulemann hatte sich wieder erholt. »So öffne Sie doch!« wisperte er; »es ist der Knabe, der Christoph; er will den Becher holen.«

Plötzlich wurden von unten herauf zwischen dem Pfeifen der Mäuse die Sprünge und das Knurren der beiden großen Katzen vernehmbar. Er schien sich zu besinnen; zum ersten Mal bei seinem Erwachen hatten sie das oberste Stockwerk verlassen und ließen ihn gewähren. — Hastig, den langen Schlafrock nach sich schleppend, stapfte er in das Zimmer zurück.

Draußen aus der Tiefe der Gasse hörte er den Wächter rufen. »Ein Mensch, ein Mensch!« murmelte er; »die Nacht ist so lang, sovielmal bin ich aufgewacht, und noch immer scheint der Mond.«

Er kletterte auf den Polsterstuhl, der in dem Erkerfenster stand. Emsig arbeitete er mit den kleinen dürren Händen an dem Fensterhaken; denn drunten auf der mondhellen Gasse hatte er den Wächter stehen sehen. Aber die Haspen waren festgerostet; er mühte sich vergebens, sie zu öffnen. Da sah er den Mann, der eine Weile hinaufgestarrt hatte, in den Schatten der Häuser zurücktreten.

Ein schwacher Schrei brach aus seinem Munde; zitternd, mit geballten Fäusten schlug er gegen die Fensterscheiben; aber seine Kraft reichte nicht aus, sie zu zertrümmern. Nun begann er Bitten und Versprechungen durcheinanderzuwispern; allmählich,

während die Gestalt des unten gehenden Mannes sich immer mehr entfernte; wurde sein Flüstern zu einem erstickten heisern Gekrächze; er wollte seine Schätze mit ihm teilen; wenn er nur hören wollte, er sollte alles haben, er selber wollte nichts, gar nichts für sich behalten; nur den Becher, der sei das Eigentum des kleinen Christoph.

Aber der Mann ging unten unbekümmert seinen Gang, und bald war er in einer Nebengasse verschwunden.

— Von allen Worten, die Herr Bulemann in jener Nacht gesprochen, ist keines von einer Menschenseele gehört worden.

Endlich nach aller vergeblichen Anstrengung kauerte sich die kleine Gestalt auf dem Polsterstuhl zusammen rückte die Zipfelmütze zurecht und schaute, unverständliche Worte murmelnd, in den leeren Nachthimmel hinauf.

So sitzt er noch jetzt und erwartet die Barmherzigkeit Gottes.

DER SPIEGEL DES CYPRIANUS

Das Grafenschloß — eigentlich war es eine Burg — lag frei auf der Höhe; uralte Föhren und Eichen ragten mit ihren Wipfeln aus der Tiefe; und über ihnen und den Wäldern und Wiesen, die sich unterhalb des Berges ausbreiteten, lag der Sonnenglanz des Frühlings. Drinnen aber waltete Trauer; denn das einzige Söhnlein des Grafen war von unerklärlichem Siechtum befallen; und die vornehmsten Ärzte, die herbeigerufen wurden, vermochten den Ursprung des Übels nicht zu erkennen.

Im verhangenen Gemache lag der Knabe schlafend mit blutlosem Antlitz. Zwei Frauen saßen je zu einer Seite des Bettes, mit dem gespannten Blick der Sorge ihn betrachtend; die eine alt, in der Kleidung einer vornehmeren Dienerin, die andere, unverkennbar die Dame des Hauses, fast jung noch, aber die Spuren vergangenen Leides in dem blassen, gütevollen Angesicht. — In den schönsten Tagen ihrer Jugend hatte der Graf um sie, das wenig begüterte Fräulein, geworben; aber da schon nichts mehr fehlte als das ausgesprochene Wort, hatte er sich abgewandt. Eine reiche, schöne Dame, die dem armen Fräulein den stattlichen Gemahl und dessen Herrschaft neidete, hatte den leichtblütigen Mann in ihrem Liebesnetz verstrickt; und während diese als Herrin in das Grafenschloß einzog, blieb die Verlassene in dem Witwenstübchen ihrer Mutter.

Aber das Glück der jungen Gräfin hatte keinen Bestand. Als sie nach Jahresfrist dem kleinen Kuno das Leben gegeben, wurde sie von einem bösen Kindbettfieber hingerafft; und als wiederum ein Jahr vorbei war, da wußte der Graf für sein verwaistes Söhnlein keine bessere Mutterhand als die, welche er einst verschmäht hatte. Und sie mit ihrem stillen Herzen vergab ihm alle Kränkung und wurde jetzt sein Weib. — So saß sie nun sorgend und wachend bei dem Kinde ihrer einstigen Nebenbuhlerin.

»Er schläft jetzt ruhig«, sagte die Alte; »Frau Gräfin sollten auch ein wenig ruhen.«

»Nicht doch, Amme,« erwiderte die sanfte Frau; »ich bedarf's noch nicht; ich sitze hier ja gut in meinem weichen Sessel.«

»Aber die vielen Nächte durch! Es ist doch nimmer ein Schlaf, wenn der Mensch nicht aus den Kleidern kommt.« Und nach einer Weile setzte sie hinzu: »Es hat nicht immer solche Stiefmütter gegeben hier im Schloß.«

»Du mußt mich nicht so loben, Amme!«

»Kennt Ihr denn nicht die Geschichte von dem Spiegel des Cyprianus?« sagte wiederum die Alte; und als die Gräfin es verneinte, fuhr sie fort: »So will ich sie Euch erzählen; es hilft die Gedanken zerstreuen.

Und seht nur, wie das Kind schläft, der Atem geht ganz ruhig aus dem kleinen Munde! — Nehmt noch dies Kissen unterm Kreuz, und nun die Füßchen auf den Schemel hier! — Und nun wartet ein Weilchen, daß ich mich recht besinne.«

Dann, als die Gräfin sich in die Kissen gesetzt und ihr freundlich zugenickt hatte, begann die erfahrene Dienerin des Hauses ihre Erzählung:

»Vor über hundert Jahren hat einmal eine Gräfin in diesem Schlosse gelebt; die ist von allen Leuten nur die gute Gräfin genannt worden. Der Name hat auch recht gehabt; denn sie ist demütig in ihrem Herzen gewesen und hat die Armen und Niedrigen nicht gering geachtet. Aber eine frohe Gräfin ist sie nicht gewesen. Wenn sie unten im Dorfe Hülfe bringend in die Wohnungen der Kätner gegangen, so hat sie mit Leid auf die Häuflein der Kinder geblickt, die ihr oft den Eingang in die niedrigen Türen versperrten, und dabei gedacht: »Was gäbst du nicht hin um ein einziges solcher pausbäckiger Englein!« Denn schon zehn Jahre lebte sie mit ihrem Gemahl; aber ihre Ehe blieb ungesegnet; auch war ihr nicht, wie Euer Gnaden, ein mutterlos Kind vom Herrgott in den Arm gelegt, dem sie den Schatz ihrer Liebe hätte schenken können. Der Graf, sonst ein gerechter Mann und der guten Gräfin in Treuen zugetan, hatte begonnen, mitunter finster drein zu sehen, daß ihm der Erbe seiner großen Herrschaft noch immer nicht geboren wurde. — Du lieber Gott!« — unterbrach sich die Erzählerin — »den Reichen fehlt's; und die Armen wünschen oft vergebens, daß sie von ihrem Häuflein ein Englein oder zwei im Himmel hätten, die droben für sie beten könnten.«

»Erzähle weiter!« bat ihre Herrin; und die Alte fuhr fort:

»Es ist in der letzten Zeit des großen Krieges gewesen, und das Schloß hier noch oft von Feindes und Freundes Truppen überzogen worden, da hat es sich eines Tags begeben, daß ein alter Arzt, der mit den Schweden ins Land gekommen, bei einem Gefecht, dort hinten an dem Walde, von einer kaiserlichen Kugel verwundet worden, während er, des Ausgangs harrend, bei seinem Theriakskasten Wache hielt. Der Mann, welcher Cyprianus geheißen, ist hier ins Schloß getragen und, obwohl die Herrschaft gut kaiserlich gewesen, von der guten Gräfin mit großer Hingebung gepflegt worden. Sie hat eine glückliche Hand gehabt; doch ist viel Zeit darüber hingegangen. Der Friede ist schon geschlossen gewesen, als sie noch oft in dem kleinen Würzgärtlein hinter dem Schlosse an der Seite des genesenden Greises auf und ab gewandelt ist und seinen Reden von den Kräften und Geheimnissen der Natur gelauscht hat. Manchen Wink und manches Heilmittel aus den Kräutern der Berge hat er ihr angegeben, das später ihren Kranken zugute kommen konnte. Und so ist allmählich zwischen der schönen Frau und dem alten weisen Meister eine gegenseitige dankbare Freundschaft entstanden.

Um diese Zeit ist auch der Graf, welcher seit einem Jahre in der Armee des Kaisers mit zu Felde gelegen, auf sein Schloß zurückgekehrt. Als nun die erste Freude des Wiedersehens vorüber war, glaubte der

Arzt mit seinen forschenden Augen den Zug eines stillen Kummers in dem Gesicht der guten Gräfin zu erkennen; doch die Bescheidenheit des Alters hatte immer noch eine Frage darüber auf seinen Lippen zurückgehalten. Als er aber eines Tages ein Weib von den schwarzen fahrenden Leuten, die derzeit unter ihrem Herzog Michel durch das ganze Reich zogen, aus ihrer Kammer schlüpfen sehen, da hat er abends beim Lustwandeln in dem Gärtlein ihre Hand genommen und ihr eindringlich zugeredet: »Ihr wisset, gnädige Gräfin, ich trage ein väterlich Herz zu Euch; so saget mir auch, was ließet Ihr um Mittag, da Euer Herr sein Schläfchen tat, die arge Heidin in Eure Kammer?«

Die gute Gräfin erschrak; aber als sie in das milde Gesicht des Greises sah, da sprach sie: »Ich habe ein großes Leid, Meister Cyprianus, und möchte wissen, ob noch eine Zeit kommt, wo es von mir genommen wäre.«

»So öffnet mir Euer Herz.« entgegnete er; »vielleicht, daß ich bessern Rat weiß als jene fahrenden Leute, die wohl den Betrug der Leichtgläubigen, aber keineswegs die Zukunft verstehen!«

Auf diese Worte hat die Gräfin dem alten Meister ihren Kummer vertraut, und wie sie durch ihre Kinderlosigkeit sogar das Herz ihres Gemahls zu verlieren fürchte.

Sie gingen während dessen an der Umfassungsmauer des Gärtleins entlang, und Cyprianus schaute über die unten liegenden Wälder hinaus, auf die schon der rote Abendschein sich legte. »Die Sonne scheidet«, sprach er; »und wenn sie morgen emporsteigt, so muß sie mich auf der Reise nach meinem Heimatlande sehen. Aber ich schulde Euch Leben und Gesundheit, und so will ich denn gebeten haben, wollet eine Dankesgabe, die ich durch sichere Hand aus der Heimat an Euch senden werde, nicht verschmähen.«

»So müßt Ihr wirklich fort, Meister Cyprianus,« rief die trauernde Frau. »Da wird mein liebreichster Tröster mich verlassen!«

»Klaget darüber nicht, Frau Gräfin!« entgegnete er; »die Gabe, von der ich sprach, ist ein speculum, zu deutsch ein Spiegel, unter sonderer Kreuzung der Gestirne und in der heilbringendsten Zeit des Jahres gefertigt. Wollet ihn in Eure Kammer stellen und dort nach Frauen Art gebrauchen, so dürfte er Euch bald bessere Kunde bringen als die trügerischen Leute der Heide. — Man hält mich«, setzte der Greis geheimnisvoll lächelnd hinzu, »in meiner Heimat für nicht unkundig der Dinge der Natur.« Die Erzählerin unterbrach sich. — »Ihr wisset wohl, gnädige Gräfin, daß der Name Cyprianus später im ganzen Norden als eines mächtigen Zauberers bekannt geworden ist. Die Bücher, die er geschrieben, hat man nach seinem Tode in dem unterirdischen Gewölbe eines Schlosses an Ketten gelegt, weil man geglaubt hat, es seien böse, das Heil der Seele gefährdende Dinge darin enthalten. Aber die das getan, haben sich geirrt, oder sie sind selbst nicht reinen Herzens gewesen; denn — wie Cyprianus während seines Aufenthalts in diesem Hause oft gesagt haben soll — »die Kräfte der Natur sind niemals böse in gerechter Hand«.

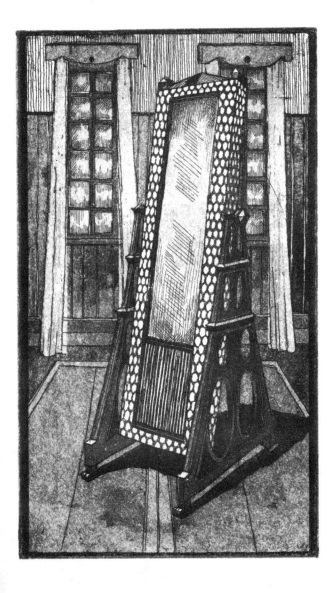

Aber ich will in meiner Geschichte fortfahren. — Einige Monde später, nachdem der Meister unter trostvollem Zuspruch an die beiden Ehegatten das Schloß verlassen hatte, hielt eines Tages ein Wägelchen mit einer großen Holzkiste auf dem Hofe; und da der Graf und seine Gemahlin, welche in der Nachmittagsstunde müßig am Fenster standen, von Neugierde getrieben hinabgegangen waren, ward ihnen von dem Fuhrmann ein auf Pergament geschriebener Brief des Cyprianus überreicht. Die Kiste aber enthielt die bei seinem Abschiede verheißene Dankesgabe. — »Möge« — so lautete das Schreiben — »dieser Spiegel so viele Tage der Freude Eurem Leben zulegen, als er mich Stunden heiligster Arbeit gekostet hat. Wollet aber nicht vergessen, das Letzte in allen Dingen steht allzeit in der Hand des unergründlichen Gottes. — Nur eines ist zu verhüten. Niemals darf das Bild einer argen Tat in diesen Spiegel fallen; die heilsamen Kräfte, welche bei seiner Anfertigung mitgewirkt haben, würden sich sonst in ihr Widerspiel verkehren; insonders möchte den Kindern, so — das walte Gott! — Euch bald umgeben werden, daraus eine tödliche Gefahr erwachsen, und nur eine Sühne, aus des Übeltäters eignem Blut entsprossen, vermöchte die Heilkraft des Spiegels wiederherzustellen. Allein die Güte Eures Hasues ist so groß, daß solches nicht geschehen kann; und somit wollet in Hoffnung und Vertrauen diese Gabe aus der Hand eines dankbaren Freundes empfangen.«

Und wie der Meister es gewollt, in Hoffnung und Vertrauen empfingen die Ehegatten sein Geschenk.

Als die Kiste in den Flur getragen und geöffnet war, zeigte sich zuerst ein Gestelle, künstlich in Bronze gearbeitet. Dann hob man den Spiegel heraus; ein hohes schmales Glas von einem wunderbar bläulichen Lichtglanz. »Ist es nicht, mein Gemahl«, rief die Gräfin, die einen Blick hineingeworfen, »als liege die drinnen abgespiegelte Welt in sanftem Mondenschein?« Der Rahmen war von geschliffenem Stahl, in dessen tausenden Facetten der gefangene und gebrochene Lichtstrahl wie in farbigem Feuer blitzte. Bald war das schöne Werk in dem Schlafgemach der Eheleute aufgestellt, und an jedem Morgen, während die Dienerin ihr das blonde Haar strählte oder die seidene Flechte in einen Knoten legte, saß die gute Gräfin mit gefalteten Händen vor dem Spiegel des Cyprianus und schaute andächtig und voll Hoffnung in ihr eigenes liebes Antlitz. Wenn aber die Frühsonne auf die Facetten des Rahmens leuchtete, dann saß das Bild der schönen Frau wie in einem Kranz von Sternenfunken. Oft nach seinem ersten Gange durch Feld und Wald trat ihr Gemahl wieder in das Schlafgemach und lehnte schweigend hinter ihrem Stuhl; und wenn sie ihn dann im Spiegel sah, so meinte sie jedesmal, daß seine Augen weniger finster blickten.

Eine geraume Zeit war vergangen, als die Gräfin eines Morgens, da die Kammerzofe sie schon verlassen, im Vorübergehen noch einen Blick in den Spiegel tun wollte. Aber es schien ein Hauch auf dem Glase, so daß sie ihr Antlitz nicht deutlich zu sehen vermochte. Sie nahm ihr Schweißtüchlein und suchte es fortzuwischen; aber es half nicht; und sie sah nun wohl, daß es nicht ober-, sondern innerhalb dem Glase war. Näherte sie sich dem Spiegel, so trat ihr Antlitz klar daraus hervor; wenn sie aber weiter zurücktrat, so schwamm es wie ein rosiger Duft zwischen ihr und ihrem Spiegelbilde. — Sinnend steckte sie ihr Tüchlein ein und ging den Tag über schweigend und voll stiller Ahnung im Hause umher, so daß ihr Gemahl, der ihr im Korridor begegnete, ausrief: »Was lächelst du denn so selig, Herzensfraue?« — Sie schwieg noch immer und legte nur die Arme um seinen Hals und küßte ihn.

Tag für Tag aber, wenn ihr Gemahl und die Dienerin sie verlassen, stand sie in der Einsamkeit vor dem Spiegel des guten Meisters, und mit jedem Morgen sah sie das Rosenwölkchen deutlicher hinter dem Glase schwimmen.

So war der Mai gekommen, und von draußen aus dem Gärtlein wehte der Veilchenduft durchs offene Fenster; da trat die gute Gräfin eines Morgens wieder vor den Spiegel. Kaum hatte sie hineingeblickt, da brach ein »Ach!« des Entzückens aus ihren Lippen, und ihre Hände fuhren nach dem Herzen; denn in der Frühlingssonne, die hell in den Spiegel leuchtete, erkannte sie deutlich ein schlummerndes Kinderantlitz, das aus dem Rosenwölkchen blickte. Mit verhaltenem Atem stand sie; sie konnte sich an dem Anblick nicht ersättigen.

Da hörte sie von draußen vor der Brücke Hörnerschall, und sie entsann sich, es müsse ihr Gemahl sein, der von der Jagd zurückkehrte. Sie schloß die Augen und blieb wartend stehen, bis er, gefolgt von seinem

130

Hunde, zu ihr ins Gemach trat. Dann umfing sie ihn mit beiden Armen, und in den Spiegel zeigend, sprach sie leise: »Dich grüßt der Erbe deines Hauses!« — Nun hatte der gute Graf auch das kleine Antlitz in dem Rosenwölkchen erkannt; aber, der Freudenblitz aus seinen Augen verschwand auf einmal, und die Gräfin sah im Spiegel, wie er erblaßte. »Siehst du es denn nicht?« flüsterte sie.

»Ich sehe es freilich, Herzensfraue«, erwiderte er; »aber es erschreckt mich, daß das Kindlein weint.« Sie kehrte sich zu ihm und wiegte das Haupt. »Du törichter Mann«, sprach sie, »es schlummert, es lächelt ja im Traum.«

Und so blieb es mit den beiden. Er ging in Sorge; sie aber rüstete heiteren Sinnes mit ihrer Schaffnerin die Wiege nebst den Daunenkissen und den kleinen zarten Gewändern für den künftigen Erben des Hauses. Mitunter, wenn sie vor dem Spiegel stand, streckte sie wohl wie in traumhafter Sehnsucht ihre Arme nach dem Rosenwölkchen aus, aber wenn dann ihre Finger an die kalte Spiegelfläche stießen, so ließ sie die Arme wieder sinken und gedachte an ein Wort des Cyprianus: »Es will alles seine Zeit.«

Und auch ihre Stunde kam. Das Wölkchen im Spiegel verschwand, und statt dessen lag ein rosiger Knabe auf dem weißen Leintuch ihres Bettes. Das gab große Freude im Schloß und drunten im Dorfe, und als der gute Graf morgens durch seine lachenden Fluren ritt, da ließ er dem wiehernden Goldfuchs die Zügel schießen und rief es jubelnd in den Sonnenschein hinaus: »Mir ist ein Sohn geboren!«

Nachdem die Gräfin als Sechswöchnerin ihren Kirchgang gehalten, sah man sie wiederum an warmen Sommertagen in die Kätnerhäuser des Dorfes gehen; nur daß sie jetzt nicht mehr in Leid auf die Bauernkinder herabsah. Sie stand oft lange und bückte sich zu ihnen und wies sie an in ihren Spielen; und wo sie einen recht kräftigen Jungen sah, da dachte sie auch wohl: »Der Meine ist ihm doch noch über!«

Aber, wie Cyprianus geschrieben hatte, das Letzte ruht in der Hand des unerforschten Gottes. — Mit dem Herbst fiel ein böses Fieber über das Dorf; die Menschen starben; doch ehe sie starben, lagen sie verschmachtend und Hülfe flehend auf ihrem Lager. Und die gute Gräfin ließ nicht auf sich warten. Mit den Arkanen des alten Meisters ging sie in die Hütten; sie saß an den Betten der Kranken und wischte, wenn es zum Sterben ging, mit ihrem Tüchlein den letzten Schweiß von ihren Stirnen. Endlich aber, da der kleine Kuno die Hälfte seines ersten Jahres erreicht hatte, schritt der Tod, dem sie so manches Leben entrissen hatte, mit ihr selber nach dem Schloß hinauf; und nachdem ihre armen Wangen im Fieber wie zwei dunkle Rosen gebrannt hatten, streckte er sie weiß und kalt auf ihrem Lager aus. Da war alle Freude ausgetan. Der Graf ritt mit gesenktem Haupt durch seine Fluren und ließ sein Roß die Wege, die es wollte, suchen. »Nun weiß ich, warum mein armes Knäblein schon vor der Geburt hat weinen müssen«, so sprach er immer wieder bei sich selbst; »denn Mutterlieb' ist nur einmal auf der Welt.«

Einsam stand der kunstreiche Spiegel in dem

Schlafgemach; und wie oft auch die Frühsonne ihre Funken auf den Stahlkranz des Rahmens streute, das Bild der guten Gräfin saß nicht mehr darin. »Trage ihn fort«, sagte der Graf eines Morgens zu seinem alten Hausmeister; »das Blitzen tut meinen Augen weh!« — Der Hausmeister ließ den Spiegel in ein entlegenes Gemach des oberen Stockwerkes bringen, was derzeit zur Aufbewahrung allerlei alten Gewaffens diente; und als die Diener, die ihn hinaufgetragen, sich entfernt hatten, holte der alte Mann ein schwarzes Bahrtuch vom Begräbnis der guten Gräfin und verhing damit das Kunstwerk des Meisters Cyprianus, so daß kein Lichtstrahl fürder es berühren konnte.

Allein der Graf war noch jung; und als ein paar Jahre ins Land gegangen waren und der kräftige Knabe anfing, in den weiten Korridoren des Schlosses umherzutoben, da dachte der Graf: »Es ziemte sich, daß du deinem Sohne eine neue Mutter suchtest, die ihn aufzöge in edler Sitte, wie es sich für deinen Erben ziemt.« Und weiter dachte er: »Am Hofe des Kaisers sind viel holde Frauen; es sollte schlimm kommen, so du nicht die rechte fändest.« Auch eine Stimme war in seinen Ohren, die sprach: »Eine Mutter für das Kind, ein Weib für dich; denn Frauenliebe ist ein süßer Trank!«

Und so, als wieder einmal der Mai gekommen war, wurde das Reisezeug gerüstet, und der Graf zog mit seinem Knaben, von stattlicher Dienerschaft begleitet, nach der großen Stadt Wien.

Lange blieben sie aus, und der alte Hausmeister ging in den hohen leeren Gemächern umher und ließ

die Fenster aufsperren, damit das Geräte, das einst
der guten Herrin gedient, in der eingeschlossenen
Luft nicht zugrunde gehe. Endlich aber, da schon die
Herbstfäden über die Felder flogen, langten nacheinander viele Kisten mit kostbaren Teppichen,
goldgepreßten Ledertapeten und allerart modischen
Dingen an, wie es von dem Gesinde dort nie zuvor
gesehen war, und der Hausmeister erhielt Befehl, die
großen Gemächer des Erdgeschosses für die neue
Herrin zu bereiten.«
Die alte Erzählerin hielt einige Augenblicke inne; denn
der kleine Kranke hatte im Schlaf das Deckbett abgesto-
ßen. Dann aber, als sie ihn sorgfältig wieder zugedeckt,
und da der Knabe fort schlief, begann sie wieder:
»Ihr kennt sie, gnädige Gräfin; das lebensgroße
Frauenbild, das im Rittersaal oben neben dem Kamin
hängt, soll ihr ähnliches Konterfei sein. Es ist ein
Füchschen mit goldrötlichem Haar, wie sie den
Männern, insonders den älteren, so gefährlich sind.
Ich habe sie mir oft drauf angesehen; wie sie den
Kopf so leicht zurückwirft, und wie der Mund so süß
und hinterhaltig lächelt und das goldfarbige Haar in
freien Liebeslocken über den weißen Nacken weht, da
hätte vielleicht auch ein kühleres Blut als das des
guten Grafen nicht zu widerstehen vermocht. — Ich
will nur das noch sagen, sie ist eine junge Witib
gewesen; und soll ein Kind aus dieser ersten Ehe, ein
Töchterlein, bei den Verwandten ihres verstorbenen
Gemahls in der Kaiserstadt zurückgelassen haben. So
viel ist gewiß, auf das Schloß hier ist diese Tochter
nie gekommen.

Nun aber! Endlich rasselten die Wagen in den Schloßhof; und das versammelte Gesinde sah staunend zu, wie der Graf und eine fremd redende Kammerjungfer der Dame aus dem Wagen halfen. Und als sie nun in ihrem mandelfarbenen Seidenkleide mit leichtem Kopfneigen die Treppe emporschritt, da hörte ihr feines Ohr manch leis gerauntes bewunderndes Wort über die Schönheit der neuen Herrin.

Erst als die Dame in der Tür verschwunden war, kam aus dem nachfolgenden Gesindewagen der kleine Kuno hervorgeklettert. »Ei, Junker«, rief eine rotwangige Magd ihm zu, »habt Ihr eine schöne Mutter jetzt!« Aber der Knabe runzelte die Stirn und sagte trozig: »Es ist nicht meine Mutter!« Und der alte Hausmeister, der eben von der Begleitung der Herrschaft zurückkam, sagte finster zu der Dirne: »Siehst du denn nicht, daß das der Sohn der guten Gräfin ist!« Und dem Knaben zärtlich in die blauen Augen sehend, nahm er ihn auf seinen Arm und trug ihn in sein väterliches Haus.

Dort waltete denn von nun an die fremde Frau. Das Gesinde pries ihre Leutseligkeit, und die Armen im Dorfe meinten bald, sie habe eine noch freigebigere Hand als die Verstorbene; nur auf die Kinder sehe sie gar nicht, und auch seine Not könne man ihr so nicht klagen wie einst der guten Gräfin. — Während sie aber die meisten der Schloßbewohner mit ihrer Schönheit bestrickte, hatte der Hausmeister nur kalte Blicke für sie; es mißfiel ihm, daß sie auch an Werktagen, wie er sagte, »geschmückt wie eine

Jesabel« einherging. Er traute den Liebkosungen nicht, womit sie zuweilen in seiner und des Grafen Gegenwart den kleinen Kuno überschüttete. Und auch den Knaben selbst gewann sie nicht damit; er hatte für sie nichts als ein schweigendes Anstarren; und wenn ihre Arme und Augen ihn losließen, so rannte er hinaus ins Freie, holte seine kleine Armbrust und schoß nach einem Holzvogel, den der Hausmeister ihm geschnitzt hatte; oder er saß abends in der Stube seines alten Freundes und bilderte in einem großen Buche von den Freuden des edlen Weidwerks. — Der gute Graf aber sah nichts als die Schönheit seines Weibes. Wenn er in das Zimmer und ihr entgegentrat, so stand sie lächelnd, bis er sie umfing; hatte sie der Tür den schönen Nacken zugewandt, so hob sie wohl das Handspieglein, das ihr an güldner Kette vom Gürtel herabhing, aus den Falten ihres Seidenrockes und nickte dem Eintretenden daraus entgegen.

Als aber das Frühjahr wiederkam, da befiel den Knaben ein Fieber, das er sich im feuchten Moose des Waldes geholt hatte, und er lag in unruhigem Krankenschlummer in seinen Kissen. Neben dem Bette stand der Stuhl der guten Gräfin mit der geschnitzten Lehne und dem blauen Sammetpolster, auf dem sie so oft vor dem Spiegel des Meisters Cyprianus gesessen hatte, einst als in der Frühlingsluft die Veilchendüfte zu ihr ins offene Fenster wehten. Jetzt blühten draußen wieder einmal die Veilchen; aber der Stuhl stand leer. Die schöne Stiefmutter war zwar auch zugegen und saß neben dem Grafen zu Füßen des kleinen Bettes; denn sie sah es

137

wohl, wie der Vater um sein Kind sorgte, und wollte es an sich nicht fehlen lassen. Da rief der Knabe aus seinem Fieber: »Mutter, Mutter!« und hob sich mit offenen Augen aus seinen Kissen. »Hörst du, mein Gemahl!« sagte die schöne Frau, »unser Sohn verlangt nach mir!« Als sie aber aufstand und sich zu ihm neigte, da streckte das Kind an ihr vorbei seine Arme nach dem leeren Stuhl der guten Gräfin.

Der Graf erblaßte, und von dem Leid plötzlicher Erinnerung bezwungen, fiel er neben dem Bette seines Sohnes in die Knie. Die stolze Frau trat zurück, und indem sie heimlich die kleine Faust um ihren Gürtel ballte, verließ sie das Gemach, um es nicht wieder zu betreten. Doch der Knabe wurde gesund auch ohne ihre Pflege.

Bald darauf, als draußen die Rosenknospen ausschlugen, genas die Gräfin eines Söhnleins. Der Graf aber wußte nicht, weshalb es ihm so schwer aufs Herz fiel, als der kleine Kuno ihm mit dieser Nachricht entgegensprang. Zwar ließ er auch jetzt sein Roß aus dem Stalle führen, um mit seinen Gedanken in die Heide hinauszureiten; aber nicht, um sie jubelnd über Flur und See zu rufen. Als er eben im Bügel saß, hob der alte Hausmeister den kleinen Kuno zu ihm auf den Sattel und sagte: »Vergeßt den Sohn der guten Gräfin nicht!« Der Vater schloß die Arme um sein Kind und ritt mit ihm bergauf und -ab, bis die Sonne hinabgesunken war; als sie aber bei der Heimkehr unter den Fenstern der Kapelle vorüberritten, in der die gräflichen Grabgewölbe waren, da ließ er sein Roß langsamer gehen und raunte in das Ohr des Knaben: »Vergiß ihrer nicht; denn Mutterlieb' ist nur einmal

auf der Welt!« — Als bei seinem Eintritt in das
Zimmer der Wöchnerin die Wartefrau den Neuge-
borenen in seine Arme legte, überfiel ihn aufs neue
das Heimweh nach der Toten, und er wußte es
plötzlich, daß sie doch allein die Fraue seines Herzens
gewesen war; der Knabe, obwohl sein eigen Blut, war
ihm wie fremd, weil er nicht auch aus ihrem Blute
war. — Die Augen der Gräfin, welche bald schöner als
je aus ihren Wochen erstanden war, übten fürder
keinen Zauber mehr auf ihn. Einsam ritt er durch die
Felder; ein Wort des Meisters Cyprianus stand wie in
dunkler Schrift vor seinen Augen: »Rückwärts zu
leben ist auch durch Gottes Hülfe nicht vergönnt!«
Indessen wuchsen die beiden Knaben zusammen auf,
und bald zeigte sich eine große Liebe zwischen ihnen.
Als der kleine Wolf erst mit ins Freie konnte, wurde
Kuno sein Lehrer in allen Künsten, die von den
Knaben geübt werden. Er ließ ihn über Felsen und auf
Bäume klettern, er schnitzte ihm die Bolzen für seine
kleine Armbrust und schoß mit ihm nach der Scheibe
oder wohl gar nach dem unerreichbaren Raubvogel,
der über ihnen im Sonnenglanz revierte.
So war wieder einmal der Winter herangekommen,
als eines Abends ein Mann in der Uniform eines
kaiserlichen Feldobristen mit seinem Diener in den
Schloßhof geritten kam. — Hager hat er geheißen,
und ein hagerer knochiger Mann soll es gewesen sein,
mit eckiger Stirn und kleinen grimmen Augen; der
struppige strohgelbe Bart — so heißt es — habe ihm
wie Strahlen vom Kinn und von den Nasenflügeln
abgestanden. Er nannte sich einen Vetter von dem

ersten Gemahl der Gräfin und war, wie er sagte, nur auf Besuch gekommen; aber er blieb von einer Woche in die andere und wurde allmählich als ein ständiger Hausgenosse angesehen. — Der Graf hatte sich anfänglich um den Besuch gar nicht gekümmert; aber der Obrist zeigte sich bald als einen Meister des edlen Weidwerks, und als der erste Schnee gefallen war, zogen die beiden Männer zusammen in das Tannendickicht, und von nun an hörte man fast täglich das Toben der Rüden und das »Ho Ridoh« der Jäger durch den stillen Wald. Da eines Nachmittags bei einer Sauhatz tönte das Hifthorn des Obristen aus einem entlegenen Talgrunde, wohin er ohne Gefolge mit dem Grafen sich verloren hatte; und als der Rüdenmann und die Jäger, dem Rufe folgend, dort zusammentrafen, sahen sie das Wildschwein verendet zwischen den Tannen liegen; daneben aber lag auch der Graf in seinem Blute. Der Obrist stand auf seinen Jagdspeer gelehnt, das Hifthorn in der Hand. »Eure Saufedern taugen nichts«, sagte er kurz, »der Keiler hat sie abgeschlagen«; und als alle von Schreck gelähmt dastanden, blitzte er sie mit seinen kleinen grimmen Augen an: »Was steht ihr noch! Brecht Zweige zu einer Bahre und tragt euren Herrn ins Schloß!« Und die Leute taten, wie er befohlen hatte. Der Graf aber ist nicht wieder mit dem Oberst auf die Jagd gezogen. Denn als der alte Hausmeister den Reitknecht nach einem Arzt entsenden wollte, damit die Wunde untersucht würde, erhielt er den Bescheid, der Arzt sei nimmer nötig, der Graf sei schon verschieden. Und bald ruhte er im Grabgewölbe bei seiner guten Gräfin, und der kleine Kuno war ein vater- und mutterloses Kind. Der Obrist aber blieb nach wie vor im Schlosse, und die Gräfin duldete es, daß unmerklich ein Stück des Hausregiments nach dem andern in seine Hand ging. Das Gesinde murrte zwar, wenn er sie mit seiner scharfen Stimme anherrschte; aber sie wagten es gleichwohl nicht, sich dem grimmen Manne zu widersetzen. — Auch mit den beiden Knaben machte er sich zu schaffen. Eines Morgens, als Kuno in den Stall hinabkam, stand neben dem Rappen des Obersten ein kleines schwarzes Nordlandsroß mit roter goldgestickter Schabracke. »Das ist dein eigen«, sagte der Oberst, der mit hineingetreten war, »klettere hinauf, so zeig ich dir, wie ein Mann zu Pferde sitzen muß.« Bald sorgte er, daß auch der kleine Wolf ein Roß bekam, und nun lehrte er die beiden reiten nach den Regeln der Kunst. Nicht lange, so sah man den hagern Obristen auf seinem hochbeinigen Rappen zwischen den beiden Knaben auf ihren kleinen Nordlandsrossen über die Felder reiten. Aber seltsame Reden waren es, die er dabei mit ihnen führte. Wenn sie, wie es bei Kindern geschieht, einmal in Zank gerieten, so bückte er sich von seinem hohen Rappen und flüsterte dem älteren zu: »Du bist der Herr; vom Hof kannst du den Burschen jagen!« und darauf zu dem jüngeren nach der andern Seite: »Er will's dir zeigen, daß du auf seinem Grund und Boden reitest!« Aber dergleichen Worte bewirkten nur, daß die Knaben sogleich von ihrem Streite abließen, ja wohl gar von ihren Rossen sprangen und sich weinend in die Arme fielen.

Der Obrist sah scharf; er hatte es wohl bemerkt, wie die Augen der schönen Gräfin, wenn sie den Stiefsohn mit ihrem eignen aus der Tür gehen sah, von plötzlicher Finsternis befallen wurden und wie dann ihre Blicke dem Fortgehenden hastig und feindselig nachjagten.

An einem sonnigen Nachmittage stand er mit ihr in dem Würzgärtlein, wo einst die gute Gräfin der Weisheit des Meisters Cyprianus gelauscht hatte. Als die stolze Frau über die Ringmauer auf die unten liegenden Wälder und Auen hinaussah, sagte er lauernd: »Der Kuno tritt eine schöne Herrschaft an, wenn er zu seinen eigenen Jahren kommt.« Und als sie schwieg und nur mit finsteren Augen in die Ferne starrte, setzte er hinzu: »Euer Wolf ist ein zartes Pflänzlein; aber der Kuno scheint fürs Regiment geboren; langlebig und handfest schaut er aus.«

In diesem Augenblicke kamen auf der Wiese, die in der Tiefe unterhalb des Gärtleins lag, die beiden Knaben auf ihren Rossen dahergeflogen. Sie ritten so dicht neben einander, daß die braunen Locken Kunos mit den blonden des kleinen Wolf zusammenwehten. Das Roß des letzteren schüttelte die Mähne und wieherte laut in den Sonnenschein hinaus. Da erschrak die Mutter und stieß einen Schrei aus; aber Kuno schlang den Arm um seinen Bruder, und, indem sie vorübertrabten, warf er einen stolzen leuchtenden Blick zu den oben Stehenden hinauf.

»Wie gefallen Euch diese Augen, schöne Gräfin?« fragte der Oberst. Sie stutzte und streifte mit einem unsicheren Blick über ihn hin.

»Wie meint Ihr das?« flüsterte sie dann.

Er aber, die Hand am Kinn, erwiderte ebenso: »Rechnet auf mich, schöne Frau; der Oberst Hager ist Euer treu ergebener Knecht!«

Da raunte sie, und er sah, wie ihr Antlitz totenbleich wurde: »Die Augen würden mir besser noch gefallen, wenn sie geschlossen wären.«

»Und was gäbt Ihr drum, wenn Ihr sie in solcher Schönheit erblicken könntet?«

Sie legte einen Augenblick ihre weiße Hand in die seine; dann warf sie die glänzenden Locken zurück und schritt, ohne sich umzublicken, aus dem Gärtlein.

Als eine Stunde später der kleine Kuno durch die Korridore des oberen Stockwerks streifte, sah er den Obristen in einer Fensternische stehen. Der Knabe wollte vorüber; denn der Mann schaute so unheimlich drein. Aber er wurde angerufen: »Wohin rennst du, Junge?«

»Nach der alten Rüstkammer«, sagte Kuno, »ich wollte meine Armbrust holen.«

»So gehe ich mit dir.« Und der Oberst schritt neben dem Knaben her bis zu dem entlegenen Gemache, wo noch immer mit dem schweren Bahrtuch verhangen unter allerlei Gewaffen der Spiegel des Cyprianus stand. Als sie eingetreten waren, schob der Oberst den Eisenriegel vor und stellte sich mit dem Rücken gegen die Tür. Da aber der Knabe die wilden Augen des Mannes sah, schrie er: »Hager, Hager, du willst mich töten!«

»Du kannst nicht übel raten«, sagte der Oberst und griff nach ihm. Aber der Knabe sprang unter seinen

143

Händen fort und riß seine gespannte Armbrust von der Wand, die er tags vorher dorthin gehangen hatte. Er schoß, und den Eindruck seines Bolzens könnt Ihr noch heutzutage in dem schwarzen Eichengetäfel sehen; aber den Obristen traf er nicht.

Da warf er sich in die Knie und rief: »Laß mich leben; ich schenke dir mein kleines Nordlandsroß und auch das schöne rote Sattelzeug!«

Der finstere Mann stand mit untergeschlagenen Armen vor ihm. »Dein Nordlandsroß«, erwiderte er, »läuft mir noch lange nicht schnell genug.«

»Lieber Hager, laß mich leben!« rief der Knabe wieder; »wenn ich groß bin, will ich dir mein Schloß geben und alle schönen Wälder, die dazu gehören!«

»Die will ich bälder noch bekommen«, sagte der Oberst.

Da senkte der Knabe das Haupt und rief: »So ergebe ich mich in die Allbarmherzigkeit Gottes!«

»Das war das rechte Wort!« sagte der böse Mann. Aber der Knabe sprang noch einmal auf und flog an den Wänden des Gemaches entlang; der Oberst jagte ihn wie ein Wildbret. Als sie aber an den verhangenen Spiegel kamen, verwickelte der Knabe seine Füße in dem Bahrtuch, daß er jählings zu Boden stürzte. Da war auch der böse Mann über ihm. — —

In demselben Augenblick — so wird erzählt —, als dieser zum Faustschlage ausholte und der Knabe die kleinen Hände schützend über seinem Herzen kreuzte, stand der alte Hausmeister tief unten im hintersten Verschlage des Kellers, wo ein Knecht mit der Abzapfung eines Fasses Ingelheimer beschäftigt war.

»Hast du nichts gehört, Kaspar?« rief er und setzte das Lämpchen, das er in der Hand gehalten, auf das Faß.

Der Knecht schüttelte den Kopf.

»Mir war«, sagte der Alte, »als hörte ich den Junker Kuno meinen Namen rufen.«

»Ihr irrt Euch, Meister«, erwiderte der Knecht; »hier unten hört sich nichts!«

Eine Weile stand es an; da rief der Alte wieder: »Um Gott, Kaspar, da hat es nochmals mich gerufen; das war ein Notschrei aus meines Junkers Kehle!«

Der Knecht fuhr in seiner Arbeit fort: »Ich höre nur den roten Wein vom Fasse rinnen«, sagte er.

Der Alte aber ließ sich nicht beruhigen; er stieg in das Schloß hinauf; er ging von Tür zu Tür, erst in dem Erdgeschoß und dann droben in dem oberen Stockwerk. Als er die Tür der entlegenen Rüstkammer öffnete, da leuchtete ihm der Spiegel des Cyprianus entgegen, auf den die Abendsonne schien. »Wes ruchlose Hand hat denn das herabgerissen?« murmelte der Alte; als er aber das Bahrtuch vom Boden hob, sah er darunter den Leichnam des Knaben und sah die dunkeln Locken über den geschlossenen Augenlidern liegen.

Der alte Mann stürzte in die Knie und warf sich jammernd über ihn. Er löste die Kleider und suchte an dem Körper seines Lieblings nach der Spur des Todes. Aber er fand nichts als nur über dem Herzen einen dunkelroten Flecken. Lange blieb er noch finster und grübelnd auf den Knien liegen. Dann hüllte er den Knaben in das Bahrtuch, nahm ihn auf seine

Arme und trug ihn in das Erdgeschoß hinab nach dem Zimmer der Gräfin. Als er eintrat, sah er die stolze Frau todbleich und zitternd vor dem Obersten stehen, der, wie es schien, halb mit Gewalt ihre Hand erfaßt hielt.

Da legte der Alte den Leichnam zwischen die beiden auf den Boden, und, fest die Augen auf sie heftend, sprach er: »Der Erbherr Graf Kuno ist tot; Euer Söhnlein, Frau Gräfin, ist jetzt der Erbe dieser Herrschaft.«

Es mochte ein Monat nach dem Begräbnis des jungen Erbherrn sein, da lehnte die Gräfin eines Nachmittags an dem Geländer eines kleinen Söllers, der über der Tiefe schwebend von ihrem Zimmer den Austritt in die freie Luft gestattete. Der kleine Wolf stand neben ihr und betrachtete eine Schar von Vögeln, welche in den Wipfeln der von unten heraufragenden Föhren und Eichen mit lautem Geschrei ihr Wesen trieben.

»Sieh nur!« sagte die Gräfin. »Sie beschreien den Kauz; dort sitzt er neben dem Astloch in der Eiche.« Und sie wies mit dem Finger vor sich hin.

Des Knaben Augen folgten mit Begierde. »Ich seh ihn schon, Mutter«, sagte er; »das ist der Totenvogel; er schrie vor meinem Fenster, als der arme Kuno starb.« »Hol deine Armbrust und schieß ihn!« sagte die Mutter.

Der Knabe sprang aus dem Zimmer, die Treppen hinab und in den Stall. Dort lag die Armbrust neben seinem kleinen Roß. Aber die Sehne war zerrissen; er hatte sie lange nicht gebraucht; denn Kuno war nicht

mehr da, der ihm die Bolzen schnitzte und den Holzvogel auf die Stange steckte. — Da lief er in das
Schloß zurück. Er entsann sich, daß der Bruder seine
Armbrust oben in der Rüstkammer aufzuhängen
pflegte. Als er dort in dem entlegenen Teile des
Schlosses angekommen war und sich mit Mühe durch
die schwere Eichentür gedrängt hatte, leuchtete ihm
der Spiegel des Cyprianus mit seinem bläulichen
Schein entgegen. Die Stahlfacetten des Rahmens
blitzten im letzten Strahl der Abendsonne. Der Knabe
hatte das noch nie gesehen; denn wenn er auch einmal
mit dem Bruder hiehergekommen, so war doch das
Kunstwerk stets mit dem schweren Bahrtuch verhangen gewesen. Jetzt stand er davor und besah
staunend sein eigenes Bild in diesem Glanze; er schien
die Armbrust ganz vergessen zu haben. — Es mußte
indessen außer ihm selbst noch etwas in dem Spiegel
sein, das seinen ganzen Sinn gefangennahm; denn er
kniete nieder und legte die Stirn an das Glas, um so
nahe als möglich hineinzuschauen.
Plötzlich aber griff er mit beiden Händen nach dem
Herzen. Dann sprang er mit einem Wehschrei in die
Höhe. »Hülfe!« schrie er, »Hülfe!« und noch einmal
mit durchdringendem Zeter »Hülfe!« Da hörte es die
Mutter unten auf dem Söller; und in Todesangst irrte
sie von Gang zu Gang, von Tür zu Tür. »Wolf! Wo
bist du, Wolf?« rief sie; »so gib doch Antwort!« Und
endlich kam sie in die rechte Tür. Da lag ihr Kind,
sich im Todeskrampfe auf dem Boden windend.
Sie warf sich über ihn. »Wolf! Wolf! Was ist
geschehen?« rief sie.

Der Knabe regte die verblaßten Lippen. »Es hat mir einen Schlag aufs Herz getan«, stammelte er.

»Wer, wer tat es?« flüstert die Mutter. »Wolf, sprich nur ein einziges Wort noch; wer hat das getan?« Der Knabe wies mit erhobenem Finger in den Spiegel. — Und das sterbende Kind in ihren Armen haltend, blickte sie vorgebeugt in das Glas des Cyprianus. Aber während des Schauens trat das Entsetzen in ihr Angesicht, und ihr lichtblaues Auge wurde steinern wie ein Diamant. Denn bei dem Abendschein, der durch die trüben Fenster brach, sah sie im tiefsten Grunde wie zusammengeballten Nebel die Gestalt eines Kindes; wie trauernd kauerte es am Boden und schien zu schlafen. Sie warf einen scheuen Blick hinter sich in das Zimmer; aber dort lag nur die Dämmerung in den Winkeln. Wieder, als ob es sie bannte, blickte sie mit gespannten Augen in den Spiegel, und noch immer war es dort. — Da fühlte sie den Kopf des kleinen Wolf ihren Armen entgleiten, und in demselben Augenblicke sah sie einen leichten Rauch gegen das Spiegelglas ziehen. Wie ein Hauch lief es darüber hin. Dann wurde das Glas wieder klar; aber hinter demselben zog es wie ein graues Wölkchen in die Tiefe; und jetzt plötzlich sah sie dort im Grunde des Spiegels zwei kleine Nebelgestalten, die sich umschlungen hielten.

Mit einem Schrei sprang die Gräfin empor; ihr Sohn lag regungslos mit wachsbleichem Antlitz; die offenstehenden blauen Lippen verkündeten den Tod. — Sie riß das seidene Wams von seiner Brust; da sah sie den dunkelroten Fleck auf seinem Herzen, den sie

kurz zuvor auf der Brust des kleinen Kuno gesehen hatte. »Hager, Hager!« schrie sie — denn das Geheimnis des Spiegels war ihr unbekannt — »das ist deine Faust! Der war dir auch im Wege; aber noch bist du nicht der Herr im Schloß; und ich schwör's, du sollst es nimmer werden!«

Sie ging hinab; sie suchte ihn; aber der Oberst war eben zur Jagd auf ein benachbartes Schloß geritten und hatte auf den morgenden Tag seine Rückkunft angesagt.

Der plötzliche Tod auch des letzten Grafensohnes verbreitete einen dumpfen Schrecken unter dem Gesinde. Auf Treppen und Gängen standen sie und raunten miteinander, und wenn die Gräfin nahte, stahlen sie sich scheu von dannen. Es wurde Nacht. Der Leichnam des kleinen Wolf war hinabgetragen und lag ausgestreckt auf seinem Bettchen in der Kammer. Aber der Gräfin ließ es bei dem Toten keine Ruh. Im hellen Mondschein, während alles schlief, stieg sie hinauf nach der Rüstkammer. Dort stand sie vor dem Spiegel, der in blauem Schimmer leuchtete, blickte mit starren Augen hinein und wand die Hände um einander. Dann wieder, als jage sie ein plötzliches Grausen, stürzte sie aus dem Gemach und rannte durch alle Gänge, bis sie die Tür ihres Schlafgemachs erreicht und hinter sich ins Schloß geworfen hatte. — So verging die Nacht.

Als man andern Morgen der Hausmeister in das Zimmer der Gräfin treten wollte, hörte er hart und heftig drinnen reden. Er erkannte die Stimme des Obristen, der eben zurückgekehrt war; und bald antwortete die Gräfin in gleicher Weise. Es waren Worte tödlichen Hasses, die der Alte hörte. Kopfschüttelnd trat er von der Tür zurück. »Das sind die Gerichte Gottes!« sprach er und stieg ein paar Treppen höher nach der Platte des runden Turmes hinauf; denn ihm war, als müsse er Gottes freie Luft schöpfen. Er lehnte sich über die Brüstung und blickte in den sonnigen Morgen hinaus. »Wie schön die Wälder grünen!« sprach er vor sich hin. »Und sie sind alle tot! Die gute Gräfin und der Graf, mein Junker Kuno, und nun auch der kleine Wolf!« — Da hörte er unten auf dem Hofe ein Pferd aus dem Stalle ziehen; nicht lange darauf, so donnerte der Galoppschlag über die Zugbrücke; dann weniger hörbar draußen auf dem Wege, und drüberhin aus den Kronen der alten Eichen, die zur Seite standen, flogen die Raben krächzend in die Luft.

In demselben Augenblicke kam von unten herauf ein Geschrei der Weiber; und als der Alte hinabgestiegen war, drang es von allen Seiten auf ihn ein, die Gräfin liege erschlagen in ihrem Blute. — »Wo ist der Oberst?« fragte der Hausmeister. »Fort ist er«, rief der Reitknecht, der vom Hofe heraufkam, »mitsamt seinem hochbeinigen Rappen.«

Rasch wurde die Verfolgung von dem Alten angeordnet; aber am andern Morgen kamen alle auf schaumbedeckten Rossen unverrichteter Sache wieder heim. — »So laßt uns denn die Toten begraben«, sprach er, »und einen Boten senden an den neuen Herrn dieser schönen Güter!«

Und so geschah es«, — schloß die Erzählerin ihren

Bericht — »die Herrschaft kam an einen Vorfahren Eures Gemahls, welcher der nächste war dem Blute nach. Der alte Hausmeister soll noch lange nach seinem Antritt dort unten in dem Torhäuschen gewohnt haben, ein treuer Wächter an der Gruft seiner geliebten Herrschaft.«

»Das ist eine entsetzliche Geschichte!« sagte die Gräfin, als die Amme schwieg. »Aber hast du nicht gehört, wie der erste Gemahl jener unglücklichen Frau geheißen hat?«

»Freilich«, erwiderte die Alte, »ihre Witwenname steht auf dem Rahmen des Bildes.« Und hierauf nannte sie eines der ersten Adelsgeschlechter.

»Seltsam!« sagte die Gräfin, »so ist sie meine Urahne!«

Die Alte schüttelte den Kopf. »Unmöglich«, sagte sie, »Ihr, Frau Gräfin, aus dem Blute jener bösen Frau?«

»Es ist völlig gewiß, Amme; jene Tochter, die in Wien zurückblieb, wurde die Frau eines meiner Vorfahren.« — —

Das Gespräch wurde durch den Eintritt des Arztes unterbrochen. Der Knabe lag nach wie vor in todähnlichem Schlummer und erwachte auch nicht, als die Hand des Arztes an seinen kleinen Gliedern nach der Spur des Lebens forschte.

»Nicht wahr, er wird genesen?« sagte die Gräfin, indem sie angstvoll in das verschlossene Gesicht des Arztes blickte.

»Die Frage ist zuviel für einen Menschen,« erwiderte

dieser; »aber Frau Gräfin müssen schlafen; das ist ganz notwendig.« Und als sie Gegenvorstellungen machte, fuhr er fort: »Es wird sich bis morgen mit dem Kranken nichts ereignen, ich hafte dafür; die Amme kann die Krankenwache halten.«

Endlich war sie überredet und begab sich in ihr Schlafgemach, da der Arzt erklärt hatte, das Haus nicht verlassen zu wollen, bis er dessen gewiß sei.

Als die Alte mit diesem allein war, fragte sie: »Seid Ihr dessen sicher, daß Frau Gräfin ruhig schlafen mag?«

»Für die angegebene Zeit, ja.«

»Und dann, Herr Doktor?«

»Dann, wenn Eure Herrschaft geschlafen hat, so mögt Ihr sie vorbereiten; denn der Knabe muß sterben.«

Die Alte blickte mit festen Augen auf den Arzt. »Ist das ganz gewiß?« fragte sie.

»Ganz gewiß, Amme; es müßte denn ein Wunder geschehen.« — —

Der Arzt hatte sich entfernt, und statt der Gräfin teilte jetzt eine junge Magd die Krankenwache mit der Alten. — Diese stützte den Kopf auf den Rand des Bettes und betrachtete das bleiche Antlitz des kleinen Kuno, in das der Tod schon seine scharfen Züge grub. »Ein Wunder!« murmelte sie ein paarmal. »Ein Wunder!«

Da regte der Knabe sich auf seinem Kissen. »Ich will mit den Kindern spielen!« flüsterte er.

Die Alte riß die Augen auf. »Mit was für Kindern?« fragte sie leise.

Und der Knabe sagte ebenso im Schlaf: »Mit den Spiegelkindern, Amme!«

Sie schrie fast auf. »Unglückskind, so hast du in den Spiegel des Cyprianus gesehen! — — Aber der soll ja in der Sakristei stehen; und die Sakristei ist ja vermauert!« — Sie sann einen Augenblick; dann sagte sie zu dem Mädchen: »Hol mir den Vinzenz, Ursel!«

Vinzenz, der Reitknecht, kam. — »Bist du neulich bei dem Bau in der Kapelle gewesen?« fragte die Alte.

»Ich bin jeden Tag dort.«

»Ist die Sakristei auch eingerissen?«

»Das geschah schon vor vierzehn Tagen.«

»Hast du einen Spiegel dort gesehen?«

Er besann sich. »Nun freilich, es steht dort einer im Winkel; der Rahmen scheint von Stahl; aber der Rost hat ihn zerfressen.«

Die Alte gab ihm einen großen Teppich. »Verhänge den Spiegel sorgsam!« sagte sie. »Dann laß ihn hieher ins Zimmer tragen. Aber leise, damit der Knabe nicht erwacht.«

Vinzenz ging; und bald wurde von ihm und einem Arbeiter ein hohes, mit dem Teppich verhangenes Gerät in das Zimmer getragen.

»Ist das der Spiegel, Vinzenz?« fragte die Amme; und als er es bejaht hatte, fuhr sie fort: »Stellt ihn zu Füßen des Bettes, so daß der kleine Kuno hineinblicken kann, sobald der Teppich fortgenommen ist.«

Nachdem der Spiegel aufgestellt war und die Träger sich entfernt hatten, setzte die Alte sich wieder an die Seite des Bettes. »Ein Wunder muß geschehen!« sprach sie vor sich hin. Dann saß sie mit geschlossenen Augen wie ein steinern Bild; unsichtbar aber kämpften in ihr Furcht und Hoffnung. Sie harrte auf die Rückkunft der Gräfin; aber wie lang mußte sie noch warten, bis der Schlaf die ganz verwachte Frau verlassen haben würde.

Da tat sich die Tür auf, und die Gräfin trat herein, »Es hat mich nicht schlafen lassen, Amme«, sagte sie; »verzeih es mir! Du bist so treu und gut und verständiger wohl als ich; und doch ist mir, ich dürfte das Bett des Kindes nicht verlassen.«

Die alte Fraue antwortete nicht darauf. »Sagt mir noch einmal, Frau Gräfin«, sagte sie, und das Herz schlug ihr so gewaltig, daß sie die Worte kaum herausbrachte, »seid Ihr dessen ganz gewiß, daß jene böse Frau Eure Urahne gewesen ist?«

»Ich bin dessen ganz gewiß. Aber weshalb fragst du, Amme?«

Die Alte stand auf; und mit fester Hand riß sie den Teppich von dem Spiegel.

Die Gräfin schrie laut auf. »Mein Kind, mein Kind! Das ist der Spiegel des Cyprianus!« — Als sie aber einen Blick in den sanften Schein des Glases geworfen hatte, da sah sie darin den kleinen Kuno mit offenen Augen auf seinem Kissen liegen; sie sah ihn lächeln, und wie ein Hauch flog das Rot der Gesundheit auf seine Wangen. Sie wandte sich um; da saß er schon aufrecht, frisch und blühend.

»Die Kinder, die Kinder!« rief er mit heller klingender Stimme und streckte die Arme nach dem Spiegel aus.

155

»Wo sind sie?« fragte die Gräfin.

»Dort, dort!« rief die Alte. »Seht nur, sie lächeln, sie nicken, ach! und sie haben Flügel; zwei Englein sind es!«

»Was sprecht Ihr?« sagte die Gräfin; »ich sehe sie ja nicht.«

»Dort, dort!« rief wieder der kleine Kuno. — »Ach!« setzte er traurig hinzu, »nun sind sie fortgeflogen.«

Da sank die alte Amme auf den Stuhl zurück. »Unser Kuno ist gerettet!« rief sie und brach in lautes Schluchzen aus. »Eure Liebe hat das getan und hat den Fluch hinweggenommen von dem Werke des alten Meisters!«

Die Gräfin aber stand und blickte selig lächelnd in den Spiegel. Auf seiner Fläche schwamm wie Duft ein Rosenwölkchen, und deutlich schimmerte ein schlummerndes Kinderantlitz daraus hervor. »Wolf soll es heißen, wenn's ein Knabe ist; Wolf und Kuno!« flüsterte sie leise. »Und laß uns beten, Amme, daß sie glücklicher werden als die, so einstens ihre Namen trugen!«

NACHWORT

An einem Abend des Jahres 1854 trifft sich in der Wohnung des Kunsthistorikers Franz Kugler der Berliner Freundeskreis des »Rütli«. Es ist Theodor Storm, der an diesem Abend im Kreis der versammelten Literaten sein Gedicht *In Bulemanns Haus* vorliest: »Ich sehe noch«, so berichtet Theodor Fontane in seinen Erinnerungen an Storm, »wie wir um den großen runden Tisch ... herumsaßen, die Damen bei ihrer Handarbeit, wir ›vom Fach‹ die Blicke erwartungsvoll auf Storm selbst gerichtet. Aber, statt anzufangen, erhob er sich, machte eine entschuldigende Verbeugung gegen Frau Kugler und ging dann auf die Tür zu, um diese zuzuriegeln. Der Gedanke, daß der Diener mit den Teetassen kommen könne, war ihm unerträglich. Dann schraubte er die Lampe, die schon einen für Halbdunkel sorgenden Schirm hatte, ganz erheblich herunter, und nun erst fing er an: ›Es klippt auf den Gassen im Mondenschein, das ist die zierliche Kleine ...‹ Er war ganz bei der Sache, sang es mehr, als er las, und während seine Augen wie die eines kleinen Hexenmeisters leuchteten, verfolgten sie uns doch zugleich, um in jedem Augenblicke das Maß und auch die Art der Wirkung bemessen zu können. Wir sollten von dem Halbgespenstischen gebannt, von dem Humoristischen erheitert, von dem Melodischen lächelnd eingewiegt werden — das alles wollte er auf unseren Gesichtern lesen, und ich glaube fast, daß ihm diese Genugtuung auch zuteil wurde.«

Nirgendwo kommt der ›Hexenmeister‹, wie ihn Fontane beschreibt, im Werk Theodor Storms deutlicher zum Vorschein, als in jenen unheimlichen Geschichten unter seinen Erzählungen, den gespenstischen und den märchenhaften, denen er sich neben den Novellen mit so viel Hingabe widmete. Vier dieser seltsamen Geschichten bietet der vorliegende Band. Untereinander sind sie durchaus verschieden: die erste, *Am Kamin*, die auch dem ganzen Band seinen Titel gibt, bringt in einem »leichten Rahmen« verschiedene Spukgeschichten. *Die Regentrude* knüpft an die Märchentradition der Romantik, insbesondere an E.T.A. Hoffmanns *Serapionsbrüder* an (»da erscheint der Trank, bei dem der selige Hoffmann seine Serapionsbrüder erzählte«, lautet der Hinweis in *Am Kamin*). *Der Spiegel des Cyprianus* schlägt »den vornehmeren Ton der Sage an«, und *Bulemanns Haus* »würde« — wie Storm in seiner Vorrede zur Buchausgabe dieser drei Märchen 1866 bemerkt, — »vielleicht passender eine seltsame Historie genannt«.

Was alle vier Erzählungen gemeinsam haben, ist die Kunst, mit Hilfe des Unheimlichen oder Märchenhaften, das mitten im Alltäglichen aufbricht, eine Ebene von ›Wahrheit‹ zu erreichen, an der einschichtiger Realismus hilflos scheitert oder gar seiner Blindheit überführt wird.

In der ersten Erzählung, *Am Kamin*, ist die Situation zu Beginn nicht viel anders, als Fontane sie in der Erinnerung an Storm beschreibt: Während draußen der Oktoberwind in den Tannen fegt und drinnen gesellig das helle Kienäpfelfeuerchen brennt, werden reihum Geschichten erzählt. Es sind seltsame Geschichten: von eigenartigen Träumen und umgehenden Toten, von Gespenstern und anderen erstaunlichen Zufällen. Harmlos beginnen sie im Kreis des Üblichen und Vertrauten, um unversehens dieses allzu Vertraute fremd, doppelbödig, gespenstisch werden zu lassen. Der Erzähler — eben noch einer in der Runde der Freunde, den man zu kennen glaubt — wird zum ›Hexenmeister‹, dem seine Zuhörer wie gebannte Opfer ins Garn gehen. Es ist ihre Bereitschaft zuzuhören, ihre Neugier auf Geschichten, die ihnen zum Verhängnis gerät. Unfähig, ihr Wissenwollen zu bezähmen und die sich schließenden Kreise des Erzählers rechtzeitig zu verlassen, entzieht ihnen der Fortgang der Geschichte unaufhaltsam den Boden unter den Füßen. Die Wirklichkeit wird unversehens zum Rätsel, die Erzählung zum Ariadnefaden, der nicht ins gewohnte Tageslicht, sondern in bisher nicht entdeckte Dimensionen führt, denen sich der plötzlich um die Sicherheit seines begrenzten Horizonts gebrachte Verstand hilflos ausgeliefert sieht.

Seit je hat Literatur diesen Charakter der Verhexung gehabt, war der Dichter der Hexenmeister, der seine Opfer einfängt, um ihnen die Augen zu öffnen. Darum kann es nicht verwundern, daß Dichtung gerade die Gattung der seltsamen, unheimlichen Geschichten immer wieder benutzt hat. Was Storm *Am Kamin* tut, ist nichts anderes. Unübersehbar scheint die reiche deutsche Tradition der gothic novels mit ihren

typischen Versatzstücken und ihrem Erzählmecha-
nismus durch. Und doch geschieht bei Storm etwas
anderes als in der dämonisierenden und parodieren-
den Verwendung der Spukgeschichte bei E.T.A.
Hoffmann, Heine und Hauff. Womit Storm es auf-
nimmt, ist jenes noch ebenso ungebrochene wie naive
Sekuritäts- und Fortschrittsbewußtsein, das dem ge-
bildeten Bürgertum des späten 19. Jahrhunderts aus
dem Glauben an die neue, alles erklärende Kraft der
Naturwissenschaften zugewachsen war. Dem Einwurf
der jungen Dame *Am Kamin*, der dieses Bewußtsein
schlagartig ins Licht rückt: »Aber ich dächte, die
Spukgeschichten gehörten gänzlich zum Rüstzeug
der Reaktion?« hält der Erzähler ironisch die Wirkung der Geschichten selbst entgegen: »Nun, gnädige Frau, unter ihrem Vorsitz wollen wir es immer
darauf wagen.« Ihren besonderen Reiz gewinnen die
dann folgenden Geschichten dadurch, daß sie gerade
dasjenige zum Mittel der Verunsicherung machen,
was dem zeitgenössischen Leser — wie den Zuhörern
Am Kamin — am verläßlichsten erscheint: Das Vertrauen auf die Unerschütterlichkeit der sinnlichen
Wahrnehmung und die Unabänderlichkeit der Ge-
setze, denen das Geschehen der Natur unterworfen
ist. Ist das Unheimliche, das da mitten in der alltäglichen Umwelt geschieht, Wirklichkeit oder Sinnes-
täuschung, natürlicher Ablauf oder übernatürlicher
Eingriff, müssen sich die Zuhörer fragen. »Ich stehe«,
so schreibt später Storm selbst an Gottfried Keller,
»diesen Dingen im einzelnen Falle zwar zweifelnd
oder gar ungläubig, im allgemeinen dagegen anheim-

stellend gegenüber; nicht daß ich Un- oder Übernatürliches glaubte, wohl aber, daß das Natürliche, was nicht unter die alltäglichen Wahrnehmungen fällt, bei weitem noch nicht erkannt ist.« Nicht die wissenschaftsfeindliche Reaktion soll gestärkt, wohl aber die sichere Eindimensionalität des Bewußtseins untergraben und gebrochen werden. Darum läßt sich die Erzählung nicht auf die Suche nach Erklärung der seltsamen Geschehnisse ein, sondern legt es einzig darauf ab, das Entsetzen und die aufkommende Angst der Beteiligten und der Zuhörer vor dem Unerklärlichen Schritt für Schritt darzustellen. Der Hebel der Erschütterung liegt weniger in den erzählten Fakten, als in der Logik ihrer Wirkungen, die ihre perfide Zwangsläufigkeit allein aus dem Erzählen, nicht aus dem Erzählten gewinnt. Am Ende ist die Kunst des Erzählens das Hexenwerk, mit der das allzu enge Bewußtsein der Zuhörer und Leser gesprengt und um die sichere Ruhelage des »Normalen« gebracht wird.

In den drei folgenden Geschichten geht es nicht mehr um den gespenstischen Spuk. Hier wird die mitten im Alltag angesiedelte *Märchenhaftigkeit* zu einem durch seine Unheimlichkeit überführenden Mittel des Erzählens. In *Die Regentrude* sind es die im bäuerlichen Milieu der Zeit noch latent mächtigen archaisch-mythischen Tiefenschichten und ihre stark gewordenen Gegenkräfte, die virulent werden: Mit dem ewigen Antagonismus einer immer noch nicht beherrschten Natur, dem Kampf zwischen Fruchtbarkeit und Vernichtung, Feuer und Wasser

— symbolisiert in der Regentrude und dem Feuermann — verbindet sich sowohl der menschliche Konflikt zwischen Macht und Ohnmacht, neu erwachter
Rationalität und emotionalem Urgestein, als auch
die soziale Spannung zwischen arm und reich, aufgeklärter Fortschrittlichkeit und kindlichem Vertrauen
in überkommenes Brauchtum. Was die Wirklichkeit
verweigert, gewährt das Märchen: das gute Ende
kommt in reicher Ernte und Heirat, in allseitigem
Verstehen versöhnt und verbindet sich aufgeklärter
Verstand mit mythischer Naturverbundenheit.

Bulemanns Haus ist — wie Storm einen Berliner
Kritiker zitiert — »das Märchen des Egoismus, gegen
den seine eigenen Gespenster aufstehen oder der
gegen sich selbst als Gespenst aufsteht«. Schiefer-
tafelbilder zu deutschen Kinderliedern haben den
Autor nach eigener Auskunft dazu angeregt. Was in
der *Regentrude* noch auf glückliche Weise gelöst
wird, erfährt hier eine Wendung ins Bösartig-Gro-
teske: Durch seine rücksichtslose Habgier und seinen
Geiz verfällt Bulemann dem Fluch seiner Halbschwester, da er nicht bedenkt, »daß die Flüche der
Armen gefährlich sind, wenn die Hartherzigkeit der
Reichen sie hervorgerufen hat«. Seine beiden Katzen,
Graps und Schnores, wachsen zu einer ungeheuren
Größe heran und verdammen ihren Herrn zu einem
Schicksal, das grausamer ist als der Tod. Von ewi-
gem Hunger gequält, führt Bulemann, eingesperrt
in sein Haus, eine einsame Existenz zwischen Leben
und Sterben. Es ist das »Phantasma des verödeten
Herzens, dem« — wie die zeitgenössische Kritik ver-

merkt — »die Spottgeburt seiner menschlichen Regungen allmählich zum Schreckgespenst aufwächst«.

In *Der Spiegel des Cyprianus* ist der Konflikt zwischen der Welt der Bauern und der Bürger, zwischen arm und reich in die Adelswelt des 17. und 18. Jahrhunderts verlegt. Der seltsame Spiegel, in dem sich die Generationen eines Grafengeschlechts immer wieder beschauen, birgt die »heilsamen Kräfte der Natur« in sich. Doch gerade sie verkehren sich »in ihr Widerspiel«, wenn das Bild einer bösen Tat in den Spiegel fällt, wenn der guten Gräfin, die »die Armen und Niedrigen nicht gering achtete«, die böse Gräfin folgt, und deren Habgier und Besitzsucht vom Spiegel an ihrem Sohn gerächt werden. Gespiegelt wird der Untergang der alten Geschlechter durch Hochmut und Stolz. Nur durch die Sühne in Form der guten Taten können die ererbten Privilegien gerechtfertigt und der Untergang aufgehalten werden.

Alle drei im vorliegenden Band abgedruckten Märchen lassen sich in ihrer Intention weder allegorisch noch tendenziös verstehen. Wollte man in der wiedergeweckten *Regentrude* einen Mythos von der erwachenden Germania erblicken, so wäre dies ebenso verfehlt wie der Versuch, Bulemanns Haus als eine sozialkritische Groteske auf ein skrupelloses Bürgertum aufzufassen. Ein Vergleich etwa mit dem bewußt kulturpolitisch gemeinten *Atta Troll* Heinrich Heines verbietet sich daher von vornherein. Storm selbst hat gegen ähnliche Mißverständnisse und Fehldeutungen stets betont, daß diese Erzählungen »instinktiv« und »aus naiver Anschauung« geschrieben seien.

Von ihrer inneren Bauweise und ihrem klaren ein-
deutigen Stil her gehören sie in die Tradition des
romantischen Kunstmärchens, jedoch nicht ohne
durch ihre sublime Einbindung des Wunderbaren in
die Alltagswirklichkeit die Gattung des Märchens
auf eine realistische Verfremdung hin zu transfor-
mieren.

Was aber treibt den 46jährigen, seit 1852 durch poli-
tische Wirren aus seiner Husumer Advokatur in den
preußischen Justizdienst vertriebenen Storm dazu,
Märchen zu schreiben? Am 29. Dezember 1863
schreibt der Autor, der nach demütigend langer As-
sessorenzeit inzwischen als Kreisrichter im Provinz-
städtchen Heiligenstadt tätig ist, und von dort die
politischen Vorgänge in der entbehrten Heimat ver-
folgt, an seine Eltern: »Vermöge eines seltsamen
Widerspruchs in der menschlichen Natur werde ich
jetzt, wo ich wie niemals durch unsere schleswig-
holst. Verhältnisse politisch aufgeregt bin, durch un-
abweisbaren Drang zur Märchendichtung getrieben.
Während ich die Regentrude schon fast zu Papier
habe, ist ein zweites, Bulemanns Haus, schon fertig
im Kopfe. Es ist, als müsse ich zur Erholung der
unerbittlichen Wirklichkeit ins äußerste Reich der
Phantasie flüchten.« In der Tat könnte der ›Wider-
spruch‹ kaum größer sein. Während der politisch für
die schleswig-holsteinische Volksbewegung äußerst
engagierte Storm aus dem Exil beobachten muß, wie
diese Bewegung durch dänische und preußische In-
tervention verhindert wird und die Verhältnisse
einem neuen Krieg zutreiben, schreibt er in kurzer

Zeit die drei Märchen dieses Bandes nieder. Ist es bloße ›Flucht in das Reich der Phantasie‹ oder unternimmt die dichterische Phantasie nicht doch mitten in diesem Reich ganz ›instinktiv‹ den Versuch, die bedrängend erfahrene Wirklichkeit mit Hilfe des Märchenhaften in ihren widerstreitenden Grundkräften freizulegen und auf die befreienden moralischen Grundmuster zurückzuführen, wobei die seltsame Verschachtelung von Märchen und Alltag auf ihre Weise nur noch einmal die unaufhebbare Differenz zwischen der utopischen Hoffnung auf die versöhnende Kraft des Moralischen (wie sie nur das Märchen kennt) und der widerstreitenden Wirklichkeit widerspiegelt?

Diesen Hang, die vertraute Alltagswelt mit einer anderen zu vertauschen und sie mit ihr zu konfrontieren, besaß Storm schon früh. So schreibt er später zur zweiten Auflage der drei Märchen (1873), die unter dem Titel *Geschichten aus der Tonne* erschienen, im Vorwort: »An den langen Herbstabenden, wo uns für die ausgelassenen Spiele nach der Schulzeit gar bald das Licht ausging, pflegten wir uns auf den Stufen irgendeiner Haustreppe zusammenzufinden, und nun hieß es: ›Stücken vertellen!‹ Und auch hier war wieder Hans der ›Baas‹; Gott weiß, woher ihm die seltsamen Geschichten anflogen, mit denen er uns bald vor Grauen zu schütteln, bald das hellste Lachen hervorzurufen wußte. In dieser Jahreszeit des Stücken-Erzählens wurden insbesondere die Gestalten unseres heimischen Volksglaubens so lebendig in uns, daß wir einmal ganz deutlich den Niß Puk aus einer Dachöffnung von meines Vaters Stallgebäude herausgucken sahen und, mit Hirschfänger und Blumenstöcken bewaffnet, einen zwar vergeblichen Feldzug über sämtliche Böden gegen den Hauskobold unternahmen.

Je heimlicher wir unsere Märchenbude aufgeschlagen hatten, desto schöner hörten sich die Geschichten an. Mich namentlich trieb diese Vorliebe für versteckte Erzählungsplätzchen zur Entdeckung immer neuer Schlupfwinkel; der beste Fund aber, der mir dabei gelang, war eine große leere Tonne, welche in unserem sogenannten Packhause unweit der Schreiberstube stand. Diese Tonne war bald das Allerheiligste, das nur von mir und Hans bezogen wurde; hier kauerten wir abends nach der Rechenstunde zusammen, nahmen meine kleine Handlaterne, die wir zuvor mit ausreichenden Lichtendchen versehen hatten, auf den Schoß und schoben ein paar auf der Tonne liegende Bretter wieder über die Öffnung, so daß wir wie im heimlichsten Stübchen uns gegenübersaßen. Wenn dann die Leute abends in die Schreibstube gingen und ein Gemurmel aus der Tonne aufsteigen hörten, auch wohl einzelne Lichtstrahlen daraus hervorschimmern sahen, so konnte der alte Schreiber nicht genug die wunderliche Ursache davon berichten.«

Das Geschichtenerzählen, dessen frühem Ursprung wir hier begegnen, war zweifellos Storms Metier; hier liegen seine Größe und sicher auch seine Grenzen. Ihm selbst war das durchaus bekannt: »Ich bedarf« — so bekennt er — »äußerlich der Enge, um innerlich ins Weite zu gehen.« Auch Fontane erkannte dies, wenn er von seinem Kollegen schrieb: »Seine Stoffe gehören einem bestimmten und ziemlich eng begrenzten Kreise an. Von Geschichten hält er mehr als von der Geschichte«. Nicht zuletzt diese Reduktion auf den kleinen Rahmen von überschaubar scheinenden Geschichten hat Storms Erfolg begründet, zugleich aber auch seinen literarischen Rang mit Fragezeichen versehen und ihm schon früh den herben Vorwurf eingetragen, nur »Goldschnittdichter« und »Poet der höheren Puppenstube« zu sein. In Storms Märchenerzählungen scheint sich die gerügte formale Enge durch ihre Verbindung mit vermeintlich wirklichkeitsfremder Schwarz-Weiß-Harmlosigkeit noch zu verdichten. Doch eben hier, in der sublimen erzählerischen Vermischung von Unwirklich-Märchenhaftem mit dem nur allzu wirklichen Alltag und der daraus resultierenden Verlagerung der literarischen Verhexung vom erzählten Faktum auf das Faktum des Erzählens, zeigt sich, wie sehr die überschaubar und harmlos scheinende Enge des Sujets und der Erzähltechnik dem Autor nur dazu dient, den Leser um so wirksamer in die verborgene Mehrdimensionalität der menschlichen Existenz und ihr geheimes Kräftespiel zu verwickeln, um ihn so der engen Sekurität seines Bewußtseins ebenso zu überführen wie ihn zugleich aus ihr zu befreien. Kann auch dem heutigen Leser der ›unheimlichen‹ Geschichten Storms solches geschehen? Es wäre nicht undenkbar, daß mit dem in jüngster Gegenwart wieder stärker werdenden Sinn für die latente analytische Kraft nicht analysierender phantastischer Literatur auch Storms Hexenkunst des Erzählens, von dem der vorliegende Band Beispiele geben möchte, wieder zunehmend auf Echo stößt.

Gottfried Honnefelder

insel taschenbücher

Alphabetisches Verzeichnis

Aladin und die Wunderlampe it 199
Ali Baba und die vierzig Räuber it 163
Allerleirauh it 115
Alte und neue Lieder it 59
Andersen: Märchen (3 Bände in Kassette) it 133
Lou Andreas-Salomé: Lebensrückblick it 54
Apulejus: Der goldene Esel it 146
Arnim/Brentano: Des Knaben Wunderhorn it 85
Arnold: Das Steuermännlein it 105
Aus der Traumküche des Windsor McCay it 193
Bakunins Beichte it 29
Balzac: Das Mädchen mit den Goldaugen it 60
Baudelaire: Blumen des Bösen it 120
Beaumarchais: Figaros Hochzeit it 228
Berg. Leben und Werk im Bild it 194
Bierce: Mein Lieblingsmord it 39
Blake: Lieder der Unschuld it 116
Die Blümchen des heiligen Franziskus von Assisi it 48
Boccaccio: Das Dekameron (2 Bände) it 7/it 8
Brandys: Maria Walewska, Napoleons große Liebe it 24
Brentano: Gockel Hinkel Gackeleia it 47
Brontë: Die Sturmhöhe it 141
Büchner: Der Hessische Landbote it 51
Busch: Kritisch-Allzukritisches it 52
Campe: Bilder Abeze it 135
Carroll: Alice hinter den Spiegeln it 97
Carroll: Alice im Wunderland it 42
Carroll: Briefe an kleine Mädchen it 172
Cervantes: Don Quixote (3 Bände) it 109
Chamisso: Peter Schlemihls wundersame
   Geschichte it 27
Claudius: Wandsbecker Bote it 130
Dante: Die Göttliche Komödie (2 Bände) it 94
Daudet: Tartarin von Tarascon it 84
Defoe: Robinson Crusoe it 41
Denkspiele it 76
Die Erzählungen aus den Tausendundein Nächten
   (12 Bände in Kassette) it 224

Die großen Detektive   it 101
Diderot: Die Nonne   it 31
Eichendorff: Aus dem Leben eines Taugenichts   it 202
Eisherz und Edeljaspis   it 123
Fabeln und Lieder der Aufklärung   it 208
Der Familienschatz   it 34
Ein Fisch mit Namen Fasch   it 222
Flaubert: Ein schlichtes Herz   it 110
Fontane: Der Stechlin   it 152
Fontane: Effi Briest   it 138
le Fort. Leben und Werk im Bild   it 195
Caspar David Friedrich: Auge und Landschaft   it 62
Manuel Gassers Köchel-Verzeichnis   it 96
Das Geburtstagsbuch   it 155
Geschichten der Liebe aus 1001 Nächten   it 38
Gespräche mit Marx und Engels (2 Bände)   it 19/20
Goethe: Dichtung und Wahrheit (3 Bände in Kassette)
   it 149/it 150/it 151
Goethe: Die Leiden des jungen Werther   it 25
Goethe: Die Wahlverwandtschaften   it 1
Goethe: Faust (1. Teil)   it 50
Goethe: Faust (2. Teil)   it 100
Goethe: Hermann und Dorothea   it 225
Goethe: Italienische Reise   it 175
Goethe: Maximen und Reflexionen   it 200
Goethe: Reineke Fuchs   it 125
Goethe: Tagebuch der italienischen Reise 1786   it 176
Goethe: West-östlicher Divan   it 75
Grandville: Bilder aus dem Staats- und Familienleben
   der Tiere (2 Bände)   it 214
Hauff-Märchen (2 Bände in Kassette)   it 216/it 217
Hebel: Kalendergeschichten   it 17
Heine: Aus den Memoiren des Herren
   von Schnabelewopski   it 189
Heine: Buch der Lieder   it 33
Heras: Am Anfang war das Huhn   it 185
Hesse: Dank an Goethe   it 129
Hesse: Geschichten aus dem Mittelalter   it 161
Hesse: Hermann Lauscher   it 206
Hesse: Kindheit des Zauberers   it 67
Hesse: Leben und Werk im Bild   it 36

Hesse: Piktors Verwandlungen   it 122
Hillmann: ABC-Geschichten von Adam bis Zufall   it 99
E. T. A. Hoffmann: Kater Murr   it 168
Hölderlin-Chronik   it 83
Hölderlin: Dokumente seines Lebens   it 221
Homer: Ilias   it 153
Ricarda Huch: Der Dreißigjährige Krieg (2 Bände)   it 22/23
Jacobsen: Niels Lyhne   it 44
Kant-Brevier   it 61
Kaschnitz: Eisbären   it 4
Kästner: Die Lerchenschule   it 57
Kästner: Die Stundentrommel
   vom heiligen Berg Athos   it 56
Kästner: Griechische Inseln   it 118
Kästner: Kreta   it 117
Kästner: Ölberge, Weinberge   it 55
Zum Kinderbuch   it 92
Kinderheimat   it 111
Kinder- und Hausmärchen gesammelt durch
   die Brüder Grimm (3 Bände in Kassette)
   it 112/it 113/it 114
Kleist: Der zerbrochene Krug   it 171
Klingemann: Nachtwachen von Bonaventura   it 89
Klinger: Leben und Werk in Daten und Bildern   it 204
Konfuzius: Materialien zu einer Jahrhundert-
   Debatte   it 87
Kropotkin: Memorien eines Revolutionärs   it 21
Laclos: Schlimme Liebschaften   it 12
Das große Lalula   it 91
Das Buch der Liebe   it 82
Liebe Mutter   it 230 ⎫
Lieber Vater   it 231 ⎭ (in Kassette)
Lichtenberg: Aphorismen   it 165
Linné: Lappländische Reise   it 102
Longus: Daphnis und Chloë   it 136
Lorca: Die dramatischen Dichtungen   it 3
Der Löwe und die Maus   it 187
Majakowski: Werke I it 16 Werke II it 53 Werke III it 79
Marc Aurel: Wege zu sich selbst   it 190
Märchen deutscher Dichter   it 13
Maupassant: Pariser Abenteuer   it 106

Mäusegeschichten   it 173
Michelangelo: Handzeichnungen und
   Dichtungen   it 147
Michelangelo. Leben und Werk   it 148
Minnesinger   it 88
Mirabeau: Der gelüftete Vorhang   it 32
Montaigne: Essays   it 220
Mordillo: Das Giraffenbuch   it 37
Mordillo: Das Giraffenbuch 2   it 71
Mordillo: Träumereien   it 108
Morgenstern: Alle Galgenlieder   it 6
Mörike: Die Historie von der schönen Lau   it 72
Mozart: Briefe   it 128
Musäus: Rübezahl   it 73
Mutter Gans   it 28
Die Nibelungen   it 14
Nietzsche: Also sprach Zarathustra   it 145
Novalis. Dokumente seines Lebens   it 178
Orbeliani: Die Weisheit der Lüge   it 81
Orbis Pictus   it 9
Oskis Erfindungen   it 227
Ovid: Ars Amatoria   it 164
Paul: Des Luftschiffers Gianozzo Seebuch   it 144
Petzet: Das Bildnis des Dichters   it 198
Phaïcon 1   it 69
Phaïcon 2   it 154
Pocci: Kindereien   it 215
Polaris 1   it 30
Polaris 2   it 74
Polaris 3   it 134
Pöppig: In der Nähe des ewigen Schnees   it 166
Potocki: Die Handschrift von
   Saragossa (2 Bände)   it 139
Rabelais: Gargantua und Pantagruel (2 Bände)   it 77
Die Räuber vom Liang Schan Moor (2 Bände)   it 191
Reden und Gleichnisse des Tschuang Tse   it 205
Rilke: Ausgesetzt auf den Bergen des Herzens   it 98
Rilke: Das Buch der Bilder   it 26
Rilke: Duineser Elegien / Die Sonette an Orpheus   it 80
Rilke: Geschichten vom lieben Gott   it 43
Rilke: Neue Gedichte   it 49

Rilke: Das Stunden-Buch   it 2
Rilke: Wladimir, der Wolkenmaler   it 68
Rilke. Leben und Werk im Bild   it 35
Scheerbart: Rakkóx der Billionär   it 196
Schiller: Der Geisterseher   it 212
Schlote: Das Elefantenbuch   it 78
Schlote: Fenstergeschichten   it 103
Schmögner: Das Drachenbuch   it 10
Schmögner: Ein Gruß an Dich   it 232
Schmögner: Das unendliche Buch   it 40
Schopenhauer: Aphorismen zur Lebensweisheit   it 223
Schumacher: Ein Gang durch den
   Grünen Heinrich   it 184
Schwab: Sagen des klassischen Altertums
   (3 Bände in Kassette)   it 127
Scott: Im Auftrag des Königs   it 188
Shakespeare: Sonette   it 132
Shaw-Brevier   it 159
Sindbad der Seefahrer   it 90
Sonne, Mond und Sterne   it 170
Sophokles: Antigone   it 70
Sophokles: König Ödipus   it 15
Stendhal: Rot und Schwarz   it 213
Stendhal: Über die Liebe   it 124
Stevenson: Die Schatzinsel   it 65
Storm: Am Kamin   it 143
Swift: Ein bescheidener Vorschlag . . .   it 131
Swift: Gullivers Reisen   it 58
Tillier: Mein Onkel Benjamin   it 219
Toepffer: Komische Bilderromane (2 Bände in
   Kassette)   it 137
Tolstoj: Die großen Erzählungen   it 18
Tolstoj: Kindheit, Knabenalter, Jünglingsjahre   it 203
Tschechow: Die Dame mit dem Hündchen   it 174
Turgenjew: Väter und Söhne   it 64
Der Turm der fegenden Wolken   it 162
Twain: Huckleberry Finns Abenteuer   it 126
Twain: Tom Sawyers Abenteuer   it 93
Voltaire: Candide   it 11
Voltaire: Sämtliche Romane
   und Erzählungen (2 Bände)   it 209/it 210

Voltaire: Zadig   it 121
Wagner: Ausgewählte Schriften   it 66
Walser: Fritz Kochers Aufsätze   it 63
Das Weihnachtsbuch   it 46
Das Weihnachtsbuch der Lieder   it 157
Das Weihnachtsbuch für Kinder   it 156
Wilde: Die Erzählungen und Märchen   it 5
Wilde: Salome   it 107
Wilde. Leben und Werk   it 158
Zimmer: Yoga und Buddhismus   it 45